AF140898

Benutzt, verletzt, gedemütigt
Ablauf und Auswirkungen familiären Mobbings

Mit einer Reflexion von Monika Wetterauer-Kopka

Viktoria Schuhmacher

Benutzt, verletzt, gedemütigt

Ablauf und Auswirkungen familiären Mobbings

Mit einer Reflexion von Monika Wetterauer-Kopka

Viktoria Schuhmacher

Bibliografische Information der Deutschen Nationalbibliothek:
Die Deutsche Nationalbibliothek verzeichnet diese Publikation in der
Deutschen Nationalbibliografie; detaillierte bibliografische Daten sind
im Internet über http://dnb.d-nb.de abrufbar.

Korrektorat: Nicole Czerwinka
Umschlaggestaltung: Sommerwind Design
Herstellung und Verlag: BoD - Books on Demand, Norderstedt

ISBN 978-3-7392-6286-4

Für Arne.

Ich danke dem Herrn,
dass er Dich mir geschenkt hat.

Du bist der lebende Beweis dafür,
dass sich mein Kampf gelohnt hat.

Ich werde mein Bestes geben,
um auf Dich zu achten und Dich zu beschützen.

Ich werde mein Bestes geben,
um Dich nicht zu enttäuschen.

Ich wünsche mir,
dass Du glücklich bist.

Stellvertretend für diejenigen,
die den Ereignissen in ihrem Leben
sprachlos gegenüberstehen:

NATHALIE

- die keine Worte mehr hat.

Sie sah mit Anfang 20,
nach einem Streit mit ihrem Vater,
keinen anderen Ausweg mehr
und nahm sich das Leben.

Ihre Eltern schrieben in der Traueranzeige,
es wäre ein „tragischer Unfall" gewesen.

Sie darf nicht vergessen werden.

FABIAN und LARSEN

- die noch keine Worte haben.

Sie sind Wunschkinder.
Ihre Mutter wollte unbedingt schwanger werden.
Dafür hatte sie extra 20 kg abgenommen.

Mit zwei Jahren zeigten sie die ersten Auffälligkeiten.
Mit fünf Jahren sprach der Kindergarten die Mutter an,
die Kinder bräuchten einzeln mehr Zeit mit ihr allein.

Die Mutter sagt,
wenn sie vorher gewusst hätte,
wie anstrengend Kinder sind,
hätte sie sich dagegen entschieden.

Ich wusste, dass der Tag auf mich zukommt,
an dem ich sie im Stich lassen muss,
um sie zu schützen.
Ich habe diesen Tag so lange es ging hinausgezögert.

Ich hoffe, dass sie sich eines Tages an mich erinnern.

Inhalt

Monika Wetterauer-Kopka
Reflexion über das Erlebte
Ablauf und Auswirkungen familiären Mobbings

Einleitung

Im Jahr 2005 fiel mir ein Artikel aus einer Frauenzeitschrift in die Hände. Titel des Artikels war „Mobbing in der Familie". Nanu, dachte ich, Mobbing in der Familie, gibt es so etwas? Und fing an zu lesen … Und so langsam wurde mir übel. Ich erkannte meine gesamte Familie wieder, meine Mutter, meinen Vater, meine Großmutter und auch mich, zum Teil wortwörtlich mit denselben Äußerungen, die auch in unserer Familie an der Tagesordnung waren. Seit Jahren schon, wenn nicht seit Jahrzehnten. Und mit einem Mal fügten sich die Situationen in meinem Leben zusammen, die ein riesengroßes Fragezeichen bei mir hinterlassen hatten, warum sie auf diese Art und Weise und nicht anders geschehen waren, und die Antwort stand klar und deutlich vor mir: Ich wurde gemobbt! Nicht, dass ich nicht beruflich mit diesem Thema sowieso zu tun gehabt hätte, die Anzeichen kenne und bei anderen auch <u>erkenne</u>. Aber bei mir selbst konnte ich sie nicht sehen. Wie auch? Aufgezogen in dem Glauben (wie so viele Menschen), dass ich ein Wunschkind bin und meine Eltern immer nur mein Bestes wollten, konnte es die Idee, dass ich vielleicht nicht an allen Problemen in unserer Familie schuld bin, nicht geben.

Der Artikel bezog sich auf zwei Konstellationen: Die böse Schwiegermutter, die die Schwiegertochter drangsaliert, und das „schwarze Schaf" unter den Geschwistern. Der Faktor „Vater/Mutter mobbt Kind" kam nicht vor. Sollte es das nicht geben? Sollte ich wirklich die Einzige sein, die mit ihrem Vater so merkwürdige Dinge erlebte? Da der Artikel zu dem Zeitpunkt, als ich ihn entdeckte, bereits zwei Jahre alt war, ging ich in den Buchhandel, um weitere Informationen zu diesem Thema zu finden. Ich brauchte Antworten. Ich brauchte die Gewissheit, dass es eine offizielle Anleitung zu dem Theaterstück gab, das ich mit meinen Eltern erlebte. Aber zu den Stichworten Mobbing und Familie gab es nichts! Das Einzige, was ich finden konnte, war ein Buch zur kindlichen Depression, in dem auf zwei Seiten auch die Charakteristika der Eltern beschrieben wurden. In den aufgeführten Charakteristika erkannte ich meine Eltern zwar wieder, aber ich war Anfang 30, somit definitiv kein Kind mehr, und wenn depressiv, dann nicht mehr kindlich depressiv. Das konnte doch nicht sein, dass es keine Literatur zu diesem Thema gab! Allein in meinem Bekanntenkreis sind es inzwischen acht Frauen mit einer ähnlichen Familiengeschichte wie meiner, das sollen alles Ausnahmen sein? Dafür sind die Gemeinsamkeiten, zum Beispiel die Mutter-Figur, die nicht in Erscheinung tritt, zu offensichtlich. So entstand die Idee zu diesem Buch.

Inzwischen wurde ich von fachlicher Seite aufgeklärt, dass der Begriff Mobbing aus der Arbeitspsychologie stammt und im familiären Rahmen eigentlich nicht benutzt wird. Ich habe mich jedoch sehr bewusst dazu entschieden, das, was mir widerfahren ist, Mobbing zu nennen. Die klassischen Anzeichen sind erfüllt, und die Auswirkungen bei mir sind dieselben, die andere Mobbing-Opfer auch haben, die in ihrem Berufsleben gemobbt wurden. Und ich denke, dass unsere Gesellschaft heute mit dem Mobbing-Begriff etwas Bestimmtes verbindet und weiß, dass es große psychische Auswirkungen auf die Betroffenen hat. Warum also das Rad neu erfinden?!

Mobbing in der Familie ist Gewalt! Das hat nichts mit strenger Erziehung oder unartigen Kindern zu tun. Und auch nichts mit schrulligen Eltern, die vielleicht ein bisschen merkwürdig reagieren. Ich selbst bin sehr streng erzogen worden, und dafür muss ich meinen Eltern dankbar sein. Denn wahrscheinlich hat mich meine Erziehung daran gehindert, mich selbst aufzugeben. Ich habe durchgehalten, und das ohne Tabletten oder psychische Störungen, obwohl ich zwischenzeitlich doch ziemlich am Abgrund stand. Rein nüchtern betrachtet weiß ich, dass ich Außergewöhnliches geleistet habe. Nur leider kommt es innen drin bei mir nicht an. Es überwiegt das Gefühl, versagt zu haben. Nicht alles versucht zu haben, um meiner Rolle und Funktion als „folgsames Kind" gerecht zu werden.

Mobbing in der Familie kann sehr dramatische Formen annehmen und bis hin zum Suizid der Betroffenen führen. Ich selbst hatte lange Zeit das Problem, das, was mir widerfahren ist, nicht als Gewalt betiteln und anerkennen zu können. Ich bin ja nicht geschlagen worden! Ich tue mich immer noch sehr schwer damit. Geholfen, mich und meine Ängste besser akzeptieren zu können, hat mir ein Artikel im STERN aus dem Jahr 2008. Er handelte von schwerst traumatisierten Kindern, die in ihrer Baby- und Kleinkinderzeit unvorstellbare Gewalt durch die Eltern erlebt haben. Die beschriebenen Verhaltensweisen dieser Kinder, die sie auch noch Jahre später zeigten, obwohl sie inzwischen in Pflegefamilien vermittelt wurden, kenne ich auch von mir:

- Die Panik und das sich nicht wehren können gegen eingefahrene Muster, weil das Vertrauen fehlt, dass eine bestimmte Situation dieses Mal einen anderen Ausgang nehmen könnte.
- Das nicht verstehen können, dass jemand, nur weil er mich freundlich behandelt, nicht gleich Freundschaft mit mir schließen möchte.
- Das sehr häufige Abfragen und Herausfordern von Zuneigungsbekundungen, weil Worte das Einzige sind, an dem ich ausmachen kann, dass jemand mich mag.

Ich habe es verlernt, meinen Gefühlen zu vertrauen, weil mein Vertrauen von meinen Eltern jahrelang enttäuscht worden ist. Und ich verstehe erst jetzt, wie sehr.

Die Diskussion, die heute im Gang ist, ob ein Klaps auf die Finger einem Kind schadet oder nicht, ob das schon als körperliche Gewalt zu gelten hat oder nicht, ist sicherlich wichtig, das will ich nicht bestreiten. Psychische Gewalt hinterlässt keine äußerlichen Spuren. Somit dauert es deutlich länger, bis die Umwelt oder das Opfer selbst sie bewusst wahrnimmt beziehungsweise wahrnehmen kann. Das heißt aber nicht, dass es sie nicht gibt. Mobbing ist psychische Gewalt!

Sie werden im Folgenden zwei Erfahrungsberichte beziehungsweise Lebensgeschichten lesen, die Ihnen das Thema Mobbing in Familien näher bringen sollen. Zum einen meine, zum anderen die von Anna, einer Schulfreundin von mir. Ich danke Anna von Herzen, dass sie mir ihre Geschichte zur Verfügung gestellt hat. Mir ist sehr bewusst, dass sie sich zu diesem Schritt nur entschlossen hat, weil wir uns seit der Grundschule kennen. Sie bat darum, anonym zu bleiben und auch die Namen ihres Vaters und ihrer Kinder zu verfremden, weil sie unter anderem ihren heranwachsenden Kindern nicht zumuten wollte, herauszufinden, dass es Zeiten gab, in denen die Großeltern nicht so nett gewesen sind. Sie dachte am Anfang, dass sie eigentlich nichts zu erzählen hätte. Es sei doch nur eine normale Familiengeschichte! Im Laufe der Zusammenarbeit allerdings wurde sie mutiger, erkannte deutlicher, dass sich bestimmte Schemata ihrer Kindheit wiederholten. Dass ihr Vater nach wie vor versuchte, ihr einzureden, dass er mehr Ahnung habe als sie. Und dass er sie nach wie vor wie eine Person behandelte, die unerwünscht ist. Mir und auch ihrer Familie ist aufgefallen: Sie hat durch die Arbeit an diesem Buch deutlich mehr Selbstbewusstsein bekommen! Schön, dass meine Idee bereits die erste Person erreicht hat.

Spannend ist für mich, dass Anna und ich eigentlich nie beste Freundinnen waren. Aber irgendetwas hat uns anscheinend damals als Teenager zusammengeführt und bis jetzt auch zusammengehalten. Worüber ich mich sehr gefreut habe, war, dass sie während unseres Gesprächs zwischendurch sehr zufrieden ausgesehen hat. Endlich konnte sie jemandem alles erzählen, der nicht versuchte sie zu überzeugen, dass es doch sicherlich nicht so schlimm gewesen sei. Für mich sehr bedrückend ist, dass damals in der Schule keiner gemerkt hat, was bei ihr zu Hause passierte. Wie schlecht es ihr eigentlich ging. Wie dringend sie Hilfe benötigt hätte. Mir war es wichtig, dass sie selbst zu Wort kommt, deswegen habe ich den Interview-Stil weitgehend beibehalten. Sie kann ihren Schmerz, der in ihr ist, am besten ausdrücken. Den wollte ich nicht verfälschen beziehungsweise ich möchte mir auch nicht anmaßen, ihre Erlebnisse in eigene Worte zu verpacken und dadurch die Aussage eventuell zu schmälern. Ihre Geschichte, auch wenn ich sie jetzt schon oft gelesen und überarbeitet habe, bereitet mir immer noch extreme Gänsehaut. Und ließ mich zwischendurch denken: Ach, mein Vater war ja gar nicht so schlimm. Auch das ist ein deutliches Anzeichen für Gewaltopfer: Sich selbst zurück zu nehmen. Soll ich dankbar dafür sein, dass ich eine schöne Kindheit hatte, oder Anna darum beneiden, dass sie es heute mit Anfang 30 hinter sich hat, während ich noch mittendrin bin?!

Mit der Idee zu diesem Buch liegen mir zwei Dinge besonders am Herzen:

1. Sollten Sie selbst Betroffene(r) sein und sich dieses Buch kaufen, weil Sie das Gefühl haben, etwas stimmt in Ihrem (Familien-)Leben nicht, so hoffe ich, dass Sie hier einige Antworten finden. Und Ihnen das, was Sie lesen, hilft, den nächsten Schritt zu unternehmen. Dass Sie erkennen, dass Sie das, was Sie als normal empfinden, nicht hinnehmen müssen. Holen Sie sich Hilfe! Sie sind nicht allein! Sollte es mir durch dieses Buch gelingen, dass nur eine einzige Person beschließt, sich dem Ganzen zu stellen und ihren Eltern gegenüber Grenzen zu setzen, dann habe ich mein Ziel erreicht.

2. Sollten Sie dieses Buch gekauft haben, weil Sie sich denken: Familiäres Mobbing kann es doch nicht geben, oder weil Sie das Thema interessiert, dann wünsche ich mir, dass Sie nach der Lektüre Ihrer Umwelt gegenüber aufgeschlossener sind. Sollte sich Ihnen jemand aus Ihrem Freundes-/Bekanntenkreis anvertrauen, seien Sie gewiss, dass es für diesen Menschen ein sehr großer Schritt ist. Und wahrscheinlich der erste! Versuchen Sie, zuzuhören. Versuchen Sie, diesen Menschen auf seinem Weg zu unterstützen, denn das

ist es, was er unbedingt braucht. Und vermeiden Sie unbedingt Äußerungen wie: „Da hättest du schon früher etwas machen müssen!" oder „Und das alles innerhalb der Familie …". Ich habe inzwischen gelernt, dass gerade der letzte Satz die Hilflosigkeit Ihrerseits ausdrückt. Auch, wenn es von Ihnen nur gut gemeint ist, aber der Mensch, der vor Ihnen sitzt, empfindet es als Angriff. Als Hinweis darauf, dass er sich nicht genügend bemüht hat. Er kann mit dem Familienbegriff nichts anfangen. Er weiß nicht, was es bedeutet, eine Familie zu haben. Nach der klassischen Definition, die unsere Gesellschaft uns vorgibt: Eltern, die einen unterstützen, die einen lieben, die zu einem halten. Mir selbst wurde einmal gesagt: „Aber Sie sind doch deutlich jünger, Sie halten mehr durch! Können Sie nicht über das Ganze hinwegsehen?!" Warum hat die Gesellschaft eigentlich immer Mitleid mit den „alten" Eltern, wenn die Kinder sich abwenden? Wer hat Mitleid mit den Kindern, die vorher keine Wahl hatten zu entscheiden, ob sie diese Attacken über sich ergehen lassen wollen oder nicht?!

Die Künstlerin Moon McNeill, deren Lebensgeschichte Parallelen zu meiner aufweist, hat mir tief aus der Seele gesprochen. Als ich ihr von meiner Buchidee erzählte, schrieb sie mir: „Jede Form von Missbrauch trifft ganz tief, und je älter man wird, desto tiefer sitzt die Trauer. Die große innere Befreiung, auf die man hofft, kommt nicht. Man kann sich das Tragen der Last nur leichter machen, indem man positiv lebt und liebt und wirklich zu SEINEM Leben findet." Ich bin froh, dass es endlich vorbei ist. Dass ich es überstanden habe. Und dass ich erst Anfang 30 bin. Jedes Jahr mehr hätte den Absprung deutlich schwieriger gemacht. Noch schwerer, als er ohnehin schon war.

Anna

„Nun hau' doch ab zu deinem Beschäler!"

Ende Februar 2006 traf ich mich mit Anna in einem Hotel in der Stadt, in der wir beide zur Schule gegangen waren. Dieser Ort lag strategisch günstig, da wir beide dorthin anreisen mussten. Und wir beide waren arg nervös!! Als ich Anna Anfang Januar anrief und sie um ihre Hilfe bat, hatte ich sie plötzlich (für mich sehr überraschend) weinend am Telefon. Dass die ganze Geschichte doch endlich mal ruhen müsse. Dass es ihr in ihrem Leben gut ginge, dass sie mit ihren Eltern jetzt einigermaßen gut auskäme und dass sie nicht mehr daran erinnert werden wolle. Wir einigten uns darauf, dass ich ihr einen Auszug aus meinem Text schicke und dass sie es sich dann überlegte. Aber eigentlich waren wir beide der festen Überzeugung, dass sie auf keinen Fall mitmachen würde. Umso erstaunter war ich, als sie drei Wochen später anrief und zusagte. Und dann saßen wir in diesem Hotelzimmer …

Anna: Also, ich sag' mal, so für mich, ich weiß im Moment überhaupt nicht, was ich erzählen soll. Was willst du von mir??? *(Sie lacht.)* Oh Gott, wo führt das hin??

Viktoria: Wenn wir beide aufgeregt sind, dann ist das ja schon mal eine gute Voraussetzung! Okay. Als ich mit dir telefoniert habe Anfang des Jahres, war deine erste Reaktion eigentlich eher: ‚Oh Gott, lass mich bloß in Frieden!‘ Also, dass du zwar gesagt hast, ich denke darüber nach, und dass du es dir durchlesen sollst. Aber du hast gesagt, und das war auch deine feste Meinung, du willst eigentlich in Ruhe gelassen werden. Es soll jetzt in Frieden ruhen und nicht noch mal nach oben geholt werden. Wo ich auch meinte, ich kann das nachvollziehen, dass ich das ja eigentlich auch so empfinde. Nur ich merke, dass das <u>mein</u> Prozess ist. Dass ich das aufschreiben und rauslassen möchte. Was war da bei dir? Was ist da passiert, dass du gesagt hast, okay, jetzt mache ich doch mit.

Du, ich habe da zu Hause viel drüber geredet. Dirk war da sofort für. Ich habe gesagt: ‚Viktoria will mich interviewen!‘ – ‚Worüber?‘ – ‚Wie das damals gewesen ist.‘ – ‚Ja, das mach' mal!‘

Das ist ja schön.

Meine Schwiegermutter sagte: ‚Das tut dir bestimmt gut!'
War ja nun nicht das, was ich hören wollte. Dann habe ich bei
Conny angerufen. Sie ist ja im Prinzip meine Ersatzmutter.
Und die sagte: ‚Ja, DAS habe ich mir schon lange gedacht,
dass du das eigentlich mal tun solltest.' Ja, da hatte ich dann
von keinem überhaupt nicht ... Mit Rückendeckung hatte das
ja nun nichts zu tun. Und dann habe ich deine Mail noch
ziemlich lange liegen lassen und habe den Anhang erst nicht
gelesen. Und dann habe ich ihn irgendwann gelesen, und habe
dann bei manchen Sachen gedacht: Das kann ich gut nachvollziehen! Ich weiß genau, was Viktoria damit meint! Und ich
fand das auch sehr gut zu lesen, und dann habe ich gedacht,
naja gut. Warum ich das eigentlich auch erst nicht wollte, ist
auch immer noch irgendwie diese unbestimmte Angst: Was
sagen meine Eltern dazu? Wenn die das nun in die Finger
kriegen und erkennen: Oh Gott, wollte Anna uns nun schon
wieder absichtlich in die Scheiße reiten oder warum macht sie
das?

**Das habe ich auch zu hören bekommen. „Es können ja
auch Dinge passieren, die deine Eltern gar nicht wollen,
was dann schlecht für deine Eltern aussieht!" Ob ich darauf Rücksicht nehmen sollte, ist die andere Frage. Mein
Vater hat auch nicht auf mich Rücksicht genommen,
dem ist es auch egal. Diese Angst habe ich auch. Aber
auf der anderen Seite ... Wir sind erwachsen! Und ich
denke, diese Angst ist einfach das, was uns eingetrichtert
worden ist. Und womit unsere Eltern auch Erfolg hatten.
Oder unsere Väter Erfolg hatten, dass wir es bis hierher
durchgehalten haben und nichts dazu sagen.**

Aber so kam das. Und nun bin ich immer noch schweine-
aufgeregt.

**Ist es für dich schön, dass dein Mann und deine Fami-
lie dich da unterstützen? Auch wenn du sagtest, du hättest dir eigentlich etwas anderes als Rückmeldung er-
hofft. Ist das für dich beruhigend?**

Ja, doch.

Die Entfremdung vom leiblichen Vater

Wie sich ihre Eltern kennengelernt haben, entzieht sich Annas Kenntnis. Mit 25 wurde ihre Mutter schwanger, wobei Anna nicht weiß, ob sie ein Wunschkind oder ein Unfall war. Sie kommentiert dieses mit einem Schulterzucken, „kleine Kinder müssen ja auch nicht alles wissen!" Das Einzige, woran sie sich in diesem Zusammenhang erinnern kann, ist, dass ihre Mutter ihr gerne ihre Schwangerschaftsstreifen vorgehalten hat. So einen Bauch hätte sie ja nur, weil Anna da drin war! Die Eltern trennten sich, als Anna circa eineinhalb Jahre alt war.

Als Anna vier oder fünf Jahre alt ist, lernt ihre Mutter während einer Kur Walter kennen. Anna vorgestellt wurde er, indem er sie eines Tages mit vom Kindergarten abholte. Im September 1982 heiraten ihre Mutter und Walter. Daran kann sich Anna auch noch erinnern, weil sie für den Tag aus der Schule genommen wurde, um beim Standesamt mit dabei sein zu können. Im November 1982 kam es bei Anna zur Änderung ihres Nachnamens. Begründung hierfür war, dass die drei sonst nach außen keine Familie darstellen würden, wenn sie den Namen ihres leiblichen Vaters behalten würde. Auf den Vater wurde gewaltiger Druck ausgeübt, um der Namensänderung zuzustimmen. Und auch Anna wurde stark beeinflusst. Es gibt einen handschriftlichen Brief von ihr, in dem sie ihrem Vater schreibt, er solle auf den Wunsch der Eltern eingehen, sonst dürfe er sie nicht mehr besuchen. Dies sei ihr eigener Wunsch, keiner hätte ihr das diktiert. Somit stimmte ihr Vater der Namensänderung zu, um Annas Wohl auf ihrem weiteren Lebensweg in den Vordergrund zu stellen. Da Anna erst acht Jahre alt war, konnte sie das Ausmaß dieser Entscheidung noch nicht absehen.

Brief von der Mutter an den leiblichen Vater bezüglich der Namensänderung (Dezember 1981):
„Ich habe mir lange überlegt, ob ich den Brief, den Anna impulsiv geschrieben hat, an Dich weiterleite. Der Brief liegt trotzdem bei, weil
1. Du daran erkennen kannst, daß Anna diesen Änderungswunsch hat,
2. die Angelegenheit sie sehr stark bewegt.

(…) Ich hatte in meinem letzten Schreiben bereits erwähnt, daß Anna schon länger davon spricht. Das hatte ich ihr jedoch immer wieder ausgeredet. Jetzt hat Anna sich entschieden und ich stütze ihren Wunsch voll. (…)"

Brief des Landkreises an den leiblichen Vater bezüglich der Namensänderung (November 1982):
„[…] Es ist in erster Linie der Wunsch des Kindes, so zu heißen, wie die Familienangehörigen, die es als ihre Eltern und Geschwister ausschließlich erlebt. Es gehört zu den existenziellen Grundbedürfnissen der Kinder, erhärtet aus allgemein anerkannten Grundsätzen der Psychologie, daß Kinder stillschweigend darunter leiden, wenn sie nicht so heißen, wie diejenigen Menschen, mit denen sie in einem Familienverband zusammenleben. Daher liegt die beantragte Namensänderung im wohlverstandenen Interesse des Kindes; sie ist dem Wohle des Kindes förderlich. […]"

Trotz der Namensänderung und dem nun nach außen kompletten Bild einer glücklichen Familie, wurde Anna von Walter nicht adoptiert. Der Grund hierfür war ein ganz einfacher: Der leibliche Vater wäre dann nicht mehr unterhaltspflichtig gewesen. „Sie haben ihn gemolken bis zum geht nicht mehr, ein ganz armes Schwein!" Grundsätzlich bestand ein vierwöchiges Besuchsrecht, welches der Vater, da er circa zwei Stunden von Annas Wohnort entfernt wohnte, nicht immer wahrnehmen konnte. Anna selbst wurde von ihrer Mutter konsequent darauf getrimmt, dass der Vater doof wäre und dass sie ihn eigentlich gar nicht sehen wollte, sodass sie als Kind ihm gegenüber sehr negativ eingestellt war. Die Mutter wäre im Zusammenleben mit ihm immer schlecht behandelt worden, hätte nie Geld bekommen und hätte deshalb immer nur Joghurt essen müssen. Das Besuchsrecht wurde dann, als Anna circa 14 Jahre alt war, in beiderseitigem Einverständnis eingestellt. Unterhalt wurde weiter gezahlt. Als Anna am Anfang ihrer Lehre war, rief sie ihn an, dass er nun nicht mehr unterhaltsverpflichtet wäre, weil sie selber Geld verdiente. Daraufhin haben sie sich das erste Mal wieder getroffen. „Ja, und was der für Schoten erzählt hat, da kann man sich eigentlich nur hinsetzen. Also, ich bin als Kind doch wirklich darauf getrimmt worden, ihn nicht zu mögen, da nicht hin zu wollen."

Brief von der Mutter an den leiblichen Vater bezüglich der Unterhaltszahlungen (November 1989):
„Bezugnehmend auf den Schriftverkehr vom 05.11.89 und vom 19.11.89 fordere ich Dich im Namen von Anna nunmehr auf, gemäß § 1605 BGB Auskunft über Dein derzeitiges Einkommen zu erteilen. Die Auskunft kann durch Vorlage der letzten 12 Verdienstbescheinigungen erfolgen, die Du bitte in Kopie hereingeben wirst. Eine pauschale Verdienstauskunft Deines Arbeitgebers genügt mir nicht, da aus dieser Auskunft nicht zu ersehen sein wird, was an nicht anrechenbaren Abzügen getätigt worden ist. Zur Lohnauskunft setze ich Dir eine Frist bis zum 15.12.1989. Danach werde ich den Unterhalt genau beziffern und Dich auffordern, die neue Unterhaltshöhe durch Änderungsurkunde beim zuständigen Jugendamt anzuerkennen und mir den Vollstreckungstitel auszuhändigen. Ich weise Dich ausdrücklich darauf hin, daß Anna lediglich über Einkünfte aus Deinen Unterhaltszahlungen verfügt und Du daher im Falle einer notwendig werdenden Unterhaltsklage in vollem Umfang prozeßkostenvorschußpflichtig bist. Bei der Ermittlung des Jahresnettoeinkommens finden auch Sonderzahlungen wie Spesen etc. Berücksichtigung. Ich erwarte daher auch hierzu eindeutige Angaben. [...] Mit diesem Schreiben gebe ich Dir die letzte Möglichkeit, die Unterhaltsfrage im Sinne der geltenden Rechtsssprechung ohne gerichtliche oder anwaltliche Maßnahmen zu klären und setze Dich bezüglich zu niedrig gezahltem Unterhalt im Namen von Anna vorsorglich in Verzug."

In den kommenden Monaten wurden Anna Briefe vorgelegt, die sie zu unterschreiben hatte und die dann an ihren leiblichen Vater geschickt wurden. Es mag schwer anmuten, dass eine 18-Jährige, die gerade dabei ist, sich auf das Abitur vorzubereiten, diese komplexen Zusammenhänge wirklich von sich aus herausgefunden und formuliert hat.

Brief von Anna an den leiblichen Vater bezüglich der Unterhaltszahlungen (Dezember 1991):

„(…) Du wirst ja wissen, daß ich am 18.01.1992 18 Jahre alt und damit volljährig werde. Damit verbunden ist logischerweise eine Anpassung meines Unterhaltes. Ich bitte Dich daher, Dein Jahreseinkommen 01/91 bis 11/91 in prüffähiger Form zu belegen. Sollte sich Dein Jahresnettoeinkommen im Vergleich zu 1990 um weniger als 200,-- DM durchschnittlich im Monat geändert und die mir im Moment nur vorliegende Düsseldorfer Tabelle Stand 1989 noch Gültigkeit haben, würdest Du verpflichtet sein, mir ab dem 01.01.1992 monatlich 675,-- DM zukommen zu lassen. [...] Ich werde zwischenzeitlich eine neue Tabelle (diese wird zweijährig erneuert) einsehen und mit Deinen erwarteten Unterlagen den Unterhalt 1992 neu berechnen. Wir könnten die Angelegenheit allerdings auch insofern vereinfachen, als daß Du Dich entschließt, den Unterhalt gleich auf eine Höhe anzuheben, die eine Ermittlung und Überprüfung überflüssig macht. Ich denke dabei an einen monatlichen Betrag von 850,-- DM. Dieser Betrag scheint angemessen, zumal er in der Tabelle als üblicher Betrag angesprochen wird, wenn ich als Unterhaltsberechtigte einen eigenen Haushalt führe. Ich bin verständlicherweise dabei, mich auf einen eigenen Hausstand vorzubereiten, und halte den Betrag daher auch für angemessen. Ich erwarte eine umgehende Zwischenantwort, um Dir und mir möglicherweise umfangreichere Ermittlungen, Schreibereien und sonstigen Verwaltungskram zu ersparen."

Von ihrem Unterhalt musste Anna, selbst noch während der Schulzeit, ihre gesetzliche Krankenversicherung bezahlen, während die Eltern privat versichert waren. „Das kannst du wohl tun von so viel Geld!" Des Weiteren sämtlichen Schulbedarf, ihre Reitstunden sowie Katzenfutter (wobei sie hier sagt, dass das Punkte wären, die sie damals schon selbst akzeptiert hat), Kleidung und Lebensmittel. Von ihren Lebensmitteln hätte sich auch Walter bedient. Sie habe ihn nie darauf angesprochen. „Das Echo hätte ich nicht überlebt! Weißt du eigentlich, was wir für dich tun?? Möchtest du das wirklich auseinander rechnen? Denk mal darüber nach!" Immerhin, so schmunzelt sie, hätte sie ja keine Miete zahlen müssen.

Brief von Anna an den leiblichen Vater bezüglich der Unterhaltszahlungen (Februar 1992):
„Mit Bedauern habe ich festgestellt, daß Du auf mein vorgenanntes Schreiben weder reagiert noch die Unterhaltsüberweisung korrigiert hast. Selbst den alten, nicht mehr gültigen und zu geringen Betrag hast Du trotz zweimaligen Hinweises wieder auf das Konto meiner Mutter überwiesen. Du bist mir gegenüber und nicht ihr gegenüber unterhaltspflichtig. Aus Deiner fehlenden Reaktion muß ich entnehmen, daß Du nicht bereit bist, Dich mit mir direkt und im Guten zu einigen. Das bedeutet, daß ich mich der Hilfe der mir zustehenden Rechtsmittel bedienen muß. In dem Zusammenhang weise ich Dich darauf hin, daß Du in jedem Falle prozeßkostenvorschußpflichtig bist und im Falle eines anwaltlichen und/oder gerichtlichen Verfahrens alle Kosten zu tragen hast. Ich erwarte daher, daß Du den Unterhaltsbetrag in Höhe von DM 885,-- ab dem 01.01.1992 und in Zukunft auf mein Konto bei der Raiffeisenbank überweist. Für die Monate Januar und Februar erwarte ich die fehlende Differenz von jeweils 295,-- DM ebenfalls auf meinem Konto. Solltest Du die Zahlungen bis zum 13.02.92 auf meinem Konto eingehend nicht leisten und mir im gleichen Zuge eine vollstreckbare Unterhaltsverpflichtungserklärung nicht vorlegen, werde ich, so leid es mir tut, den anwaltlichen Weg gehen müssen."

Das Mutter-Tochter-Verhältnis

Anna und ich kennen uns seit der 1. Klasse. Wir waren in Parallelklassen, hatten aber gemeinsamen Religionsunterricht. 1986, als wir zur 7. Klasse auf das Gymnasium wechselten, sahen wir uns wieder. Viele Schüler aus dem Landkreis besuchten dieses Gymnasium. So war es für mich im Nachhinein verwunderlich, warum sie bereits in der Grundschule eine Schule in der Innenstadt besuchte.
Sie erzählte mir, dass sie schon immer in X., einem Vorort von Y., gewohnt hatte. Der Grund, weshalb sie in der Innenstadt eingeschult wurde, war, dass ihre Mutter bei der Stadtbücherei arbeitete. Die ersten zwei Schuljahre ging sie nach der Schule zu ihrer Mutter in die Bücherei, um abends mit ihr nach Hause zu fahren. Irgendwann ging sie nach der

Schule in den Kinderhort, um dort Hausaufgaben zu machen. Ab Mitte der 3. Klasse fuhr sie mit dem Bus nach Hause.

Brief von Annas Mutter an das Staatliche Schulamt (Januar 1980):
„(…) im Sommer 1980 wird meine Tochter Anna (…) eingeschult. Ich bitte Sie, Anna in der (…) Grundschule einzuschulen. Begründung: Ich bin alleinstehend und ganztägig in der Stadtbibliothek angestellt. Bei Annas Einschulung in die (…) Grundschule an der (…) Straße ist sie ungefährdet bis täglich 17.00 Uhr im direkt benachbarten Paritätischen Wohlfahrtsverband versorgt. Da ich sonst keine andere Möglichkeit sehe, Anna auch schulisch wie bisher ansonsten optimal zu versorgen, bitte ich Sie dringend, die Einschulung in der oben genannten Schule vorzunehmen. Sie ist bis zur Einschulung ganztägig aus gleichen Gründen im Kindergarten an der (…) Straße untergebracht. Eine Einschulung in diese Schule macht es mir dann auch möglich – durch die räumliche Nähe zur Stadtbibliothek – an ihrem schulischen Leben intensiv teilzuhaben."

Anna: Mit dieser Ausnahmegenehmigung und alles hier, staatliches Schulamt ... Hier haben wir die Genehmigung gekriegt. Und wenn du dann meine ... Jetzt wo meine Kinder selber Zeugnisse kriegen, sehe ich Zeugnisse so an sich ja schon mit etwas anderen Augen. Das sind ja eigentlich in der Grundschule die Zeugnisse für die Eltern. In dem Sinne, ein Kind in der 1. Klasse macht nicht immer allein seine Hausaufgaben, die kannst du vor allen Dingen auch heute nicht mehr so ganz alleine lassen. Und wenn hier dann oft steht: ‚Annas Betragen und Arbeitsweise sind sehr wechselhaft und sie muss konzentrierter und beständiger werden. Sie ist in ihren Hausaufgaben oft vergesslich.' 2. Klasse! Und das eigentlich öfter! ‚Anna arbeitet selbstständig. Konzentration und Arbeitstempo und Gründlichkeit der Ausführung ihrer Aufgaben sind schwankend. Bei auftretenden Problemen lässt sie sich noch leicht verunsichern. Sie zeigt noch nicht immer genug Sorgfalt und Aufmerksamkeit. Sie muss oft zur Mitarbeit aufgefordert werden. Sie hat aber noch große Schwierigkeiten sich zu konzentrieren.' Und das reihum, in der Grundschule! Ja, da denke ich eigentlich ...

Viktoria: Hat sie nicht so viel an deinem schulischen Leben ...

... intensiv teilgenommen.

Und dann bist du also von der 3. Klasse an mit dem Bus allein nach Hause gefahren.

Ja.

Da warst du dann ja neun, so die Ecke.

Ja, neun, zehn.

Was ja schon klein ist eigentlich, oder? Oder würdest du das heute als normal bezeichnen?

Nein. Also, das würde ich auch heute nie machen. Ich weiß nicht, wie oft ich da von Spiegelei gelebt habe. *(Sie lacht.)*

Ach so, weil deine Mutter arbeiten war, hast du dann zu Hause ...

Ich hatte ja den Schlüssel um den Hals. Mutti hatte mir oft was vorgekocht, was ich dann nur in der Mikrowelle auftauen musste. Wir hatten ja schon ziemlich früh eine Mikrowelle. Ja, Nudeln konnte ich mir kochen und ein Ei konnte ich mir braten.

Der Schulweg, den Anna ab der 3. Klasse allein zum Bus gehen musste, führt an einer sehr stark befahrenen Straße entlang, eine der Hauptverkehrsadern in der Innenstadt. Im Jahr 1991 war besagte Straße trauriger Sieger in der bundesdeutschen Verkehrsunfallstatistik. Die Strecke ist für einen Erwachsenen, wenn er strammen Schrittes geht, in 15 Minuten zu bewältigen. Für ein Kind im Alter von zehn Jahren, das den Bus eine halbe Stunde nach Schulende erreichen muss, ist das eine deutliche Herausforderung. Die Fahrt mit dem Bus dauerte noch einmal circa eine halbe Stunde.

Um Missverständnisse zu vermeiden: Es geht nicht darum anzuprangern, dass Annas Mutter Vollzeit arbeiten gegangen ist! Wichtig ist herauszustellen und wahrzunehmen, dass die Begründung an das Staatliche Schulamt vom Januar 1980, dass Annas Mutter alleinstehend ist und deshalb ganztags arbeiten gehen muss, Mitte der 3. Klasse, also Ende

1982 nicht mehr bestand, da sie zwischenzeitlich geheiratet hatte. Im Nachhinein sagt Anna, wenn sie sich zurückerinnert und mit ihrer Situation heute vergleicht, hat das zweite Einkommen einen deutlich gehobeneren Lebensstandard ermöglicht: Sie konnten sich ein Haus sowie zwei Autos leisten, sie sind häufig essen gegangen, Kleidung musste nicht gestopft werden, sondern es wurde einfach neue gekauft, und die Mutter war immer sehr gepflegt und farblich aufeinander abgestimmt angezogen. Aber dringend zum Überleben notwendig war das zweite Vollzeitgehalt sicherlich nicht.

Die 5. und 6. Klasse verbrachte Anna in X., in dem Ort, in dem sie wohnte. Sie konnte mit dem Fahrrad zur Schule fahren und verbrachte den Nachmittag allein zu Hause. Ich frage sie, ob sie aus heutiger Sicht sagen würde, dass ihre Mutter ihr gefehlt habe.

Anna: Ja, das ist eine ganz schwierige Geschichte eigentlich. Mutti muss damals schon alkoholabhängig gewesen sein, wo ich nie so hintergekommen bin, weil ihr Verhalten für mich einfach völlig normal war. Sie ist immer zur Tür rein, zum Bar-Fach, erst mal einen Sherry trinken, und dann wurde die Jacke ausgezogen. Von daher habe ich Mutti auch in der Zeit immer nur als sehr launisch, sehr ... ja, unberechenbar für mich in Erinnerung. Nie irgendwo wirklich herzlich. Mutti und Walter, die haben ja beide erst noch nebenher studiert. Mutti nicht so lange. Aber Walter, der hat ja auch noch 14 Semester Jura zu der Zeit studiert, und hat aber nie sein Examen geschafft. Der hat auch zwischendurch gearbeitet, in G. Und Mutti hat bis zum Vorexamen, vier Semester, studiert.

Viktoria: Trotz ihrer Vollzeitstelle?

Das weiß ich nicht mehr genau. Oder die war vier Semester eingeschrieben, weil das dann steuerlich günstiger war. Keine Ahnung.

Da kommt das schöne Wort „steuerlich" ins Spiel!

Ja, irgendwas war da, sonst wären die ja nicht eingeschrieben gewesen. Nein, ich habe sie nicht wirklich als sonderlich herzlich in Erinnerung, dass sie mir gefehlt hat. Es war für mich eigentlich immer eine Erleichterung, wenn sie nicht da war.

Und ich weiß noch, das war vor allem so fünfte, sechste Klasse, wenn ich bei meinen Freundinnen war und mit ihnen gespielt habe ... Ich wusste an meinem Bauch, weil ich Bauchschmerzen kriegte, also so ein Ziehen im Bauch: Meine Mutter ist da! Und ich hatte irgendwie immer ein ganz komisches Gefühl. Ich hatte in der Zeit eigentlich immer Angst und bin auch sofort nach Hause gefahren. Ich sollte alle zwei Tage die Treppe fegen und unten alles saugen. So machst du oder machst du nicht in dem Alter. Und wenn ich das dann nicht gemacht hatte, dann habe ich immer noch so kurz vorher versucht, da eben schnell durchzuhuschen. Und ach, das haben die natürlich auch gesehen, dass ich das dann nun doch nicht gemacht hatte. Ich wüsste jetzt auch so nicht, was sie wirklich mit mir zusammen gemacht hat. Also, an so gemeinsame Unternehmungen kann ich mich knapp erinnern. Ich habe mit zehn, glaube ich, in H. angefangen zu reiten. Da hat sie mich im Winter hingebracht, aber ... ja, aussteigen lassen und dann wieder abgeholt. Und sobald das irgendwie ging, musste ich das auch mit dem Fahrrad fahren. Das waren zwölf Kilometer eine Tour.

In der 5. beziehungsweise 6. Klasse begann Anna, die Unterschrift ihrer Mutter zu fälschen, damit kein blauer Brief nach Hause geschickt wurde, wenn sie dreimal die Hausaufgaben vergessen hatte. Den Zettel zum Üben hatte sie in den Papierkorb geschmissen, wo er von den Eltern natürlich gefunden wurde, die ihr dann einen längeren Vortrag über die Strafbarkeit von Urkundenfälschung hielten. „Dummer Anfängerfehler!", schmunzelt sie heute.

Es gab eine einzige Situation, bei der ein Lehrer bemerkt hat, dass Anna zu Hause wohl nicht so glücklich war. Die Klasse, auch wieder in dem Zeitraum 5 oder 6, war auf Schullandfahrt. Dem Lehrer fiel auf, dass Anna kein Heimweh hatte und nur ihre Katze vermisste. Daraufhin rief er die Mutter an, die Anna abends dann anherrschte, was sie ihm gesagt hätte, was er denn von der Familie denken sollte. Und auf der anderen Seite, was sich Lehrer denn wohl einbildeten, sich ein Urteil über andere zu erlauben. Auf dem Gymnasium hat dann niemand mehr ge-

merkt, was bei ihr zu Hause passierte. Da war sie dann schon gut trainiert, wie sie sagt. Sie hat sehr lange am Daumen genuckelt, mindestens bis zur 8. Klasse, und sie bat mich irgendwann, dass ich sie darauf hinweisen sollte, damit sie es unterließe. Und als ich das dann tat, wir saßen nebeneinander, herrschte sie mich an: „Du bist nicht meine Mutter!" Ich konnte mich daran nicht mehr erinnern, aber dass sie viel nuckelte, das wusste ich auch noch. Als Teenager bekam sie eine Zahnspange. Es lag in ihrer alleinigen Verantwortung, zur Behandlung zum Zahnarzt zu gehen. Wenn allerdings die Praxis anrief, weil sie einen Termin versäumt hatte, gab es Gemecker von den Eltern. Bei ihrer Tochter heute achtet sie sehr genau darauf, ob sie einen Überbiss entwickelt, und geht regelmäßig mit ihr zum Zahnarzt und zur Logopädie.

In der 8. Klasse wurde Anna während des Abigags ein Stück Finger abgetrennt. Die Abiturienten hatten in den Klassen die Tische wild übereinandergestapelt, um so den Unterricht zu verhindern. Und während wir versuchten, die Tische wieder im Raum zu verteilen, fiel ein Tisch herunter und der Tischfuß landete so unglücklich, dass Anna eine Fingerkuppe abgetrennt wurde. Annas Mutter kam aufgeregt in die Klinik, weil sie den Anruf aus der Schule so verstanden hatte, dass ein größeres Stück Finger abgetrennt worden war. Sie erledigte die Gespräche mit den Ärzten und brachte ihre Tochter dann nach Hause. Abends kam eine Schülerin aus dem 13. Jahrgang mit einem Blumenstrauß zu Anna nach Hause, um sich zu entschuldigen, und wurde von den Eltern ziemlich kalt abgefertigt. Von Abiturienten könnte man doch deutlich mehr Verantwortungsbewusstsein erwarten! Wie es Anna mit dieser traumatischen Erfahrung ging, so etwas wie Trost zum Beispiel, schließlich hatte sie ja auch Schmerzen, wurde den ganzen Tag über nicht thematisiert. Im Endeffekt war es natürlich ihre eigene Schuld gewesen, dass sie den Finger passend unter den Tisch gelegt hatte, als dieser herunterfiel.

Die Erziehungsmethoden des Stiefvaters

Für Anna war Walter immer der Mann der Mutter. Später entwickelte er sich, nach ihren Aussagen, zum Aufpasser und Hellseher in einer Person. Es war ungefähr in der 5. oder 6. Klasse, als Walter Anna und ihrer Freundin zur Übung einen englischen Text diktierte. In diesem Testdiktat hatte Anna ungefähr 13 Fehler, im richtigen Diktat in der Schule dann auch. Die Freundin hingegen nur zwei oder drei. „So blöd kann man doch nicht sein! Das habe ich alles nur für dich gemacht! Nun profitiert deine Freundin davon!" Auch hat Walter gerne für Anna Testmathearbeiten ausgearbeitet. Das erste Hindernis für Anna war schon, dass Walter anstelle des Multiplikationszeichen ein „x" benutzt hat, was Anna nicht kannte und somit nicht wusste, was es bedeuten sollte. „Du dummes Ding! Das weiß man doch! Du bist zu blöd, dann brauchen wir gar nicht weitermachen!" Auch sagt sie, dass ihr durch diese Testmathearbeiten bereits im Vorfeld das Selbstvertrauen genommen wurde, weil sie für ein Kind ihres Alters deutlich zu schwer waren. Bei einer Arbeit, da war sie bereits auf dem Gymnasium, gab Walter dann zu, dass sie wohl etwas schwieriger gewesen wäre, er selbst hätte 40 Minuten gebraucht … Anna benötigte zwei Stunden! Als ich Anna darauf ansprach, ob es heute noch Verhaltensweisen gibt, die aus der Zeit resultieren, bestätigte sie, dass sie, sobald etwas in der Richtung „Das ist alles ganz einfach!", geäußert werden würde, aufstehe und den Raum verlasse.

Ein weiteres wichtiges Erlebnis in diesem Zusammenhang war die Aktion Zimmer aufräumen! Anna muss zwischen zwölf und 14 Jahren gewesen sein, und natürlich war das Zimmer nie gut genug aufgeräumt. Die übliche Vorgehensweise war, dass Walter mit den Worten: „Was ist das denn für ein Saustall hier?", das Zimmer betrat und dieses so lange inspizierte, bis er etwas fand, was ihn störte. Was dann zur Folge hatte, dass er den Schrank öffnete, umkippte und den gesamten Inhalt auf dem Boden entleerte. Oder auch den Schreibtisch komplett auf den Boden abräumte, sodass Anna von Neuem aufräumen musste. Und wenn bei dieser Aktion etwas kaputt ging, war die Standardantwort: „Da bist du selbst dran schuld! Du hättest ja vorher alles aufräumen können."

Grundsätzlich war es Walter anscheinend auch ein großes Bedürfnis, das Haus sauber zu haben. Wenn sie vom Reiten kam, wurde sie dazu angehalten, das Haus unten durch den Keller zu betreten, sich vor der Waschmaschine auszuziehen, und erst dann nach oben zu gehen, damit es nicht überall nach Pferd stinkt. Das wäre ja doch sehr ekelig und der ganze Dreck und überhaupt. „Hach, das stinkt wieder, das olle Pertüch!"

Mit 18 Jahren hat Anna beim Ausparken im Dunkeln ein Auto angefahren. Sie sagt heute, dass der angefahrene Wagen so von Beulen übersät war, dass man die neue Beule gar nicht erkennen konnte. Zu Hause regte sich Walter darüber auf, dass sie Fahrerflucht begangen hätte. Wie es ihr ging, wurde nie gefragt. Als Walter sich den anderen Wagen ansah, meinte er: „Da sind so viele Beulen drauf, das merkt der gar nicht!" Ob sie den Schaden am eigenen Auto vollständig selbst bezahlt hat oder sich daran beteiligt hat, weiß sie heute nicht mehr.

Viktoria: Verbindest du irgendetwas Positives mit Walter?

Anna: Also, so spontan fällt mir jetzt nichts ein. Du, das ist eine Frage, die haut mich jetzt ja um. Also was ich ihm im Nachhinein ganz hoch anrechne, ist, dass er sich so lange um Opa gekümmert hat, und da auch wirklich die Scheißarbeit gemacht hat, mit Hintern abwischen und alles. Dass Opa so lange in seinem eigenen Haus wohnen konnte. Da ist er ja eine Weile mit eingezogen. Und dass er sich da auch im Altenheim entsprechend gekümmert hat, wirklich, dass Opa dann diese Weichlagerungsmatratze und alles Mögliche hatte. Was sie dann auch zum Teil bezahlt haben. Ob nun selber oder von Opas Rente, sei mal völlig dahingestellt. Und ich rechne ihm eigentlich auch hoch an, dass er jetzt in dieser Zeit bei Mutti geblieben ist. Da habe ich zu Anfang nicht unbedingt mit gerechnet. Also, dass er da den Schwierigkeiten ... Dass er das irgendwo annimmt und auch jetzt für Mutti da ist. Lass ihn sein, wie er will. Aber doch, das rechne ich ihm irgendwie schon auch an. *(Annas Mutter ist ein halbes Jahr nach unserem Gespräch verstorben. Ein Jahr später hat Walter neu geheiratet und mit dem Tag der Hochzeit den Kontakt zu Anna und ihrer Familie abgebrochen.)*

Aber das hat ja nichts mit dir zu tun.

Nein. So für mich, dass er wirklich irgendwo was für mich getan hat, wüsste ich jetzt so spontan auch nicht.

Ihr seid doch irgendwie zusammen Motorrad gefahren, oder nicht?

Dieses Motorradfahren, das ist eine ganz zweischneidige Sache. Ich bin gerne Motorrad gefahren, weil es auch irgendwo Spaß macht. Aber ich hatte nachher eigentlich vor diesem Motorradfahren mit Walter auch durchaus Bammel und habe das gemieden. Weil er dann immer meinen Oberschenkel streichelte, was ich nachher gehasst habe.

Kannst du dich an Dinge erinnern als Kind ... Also, ich merke zum Beispiel, Jens und ich, dass wir sehr verschmust sind. Also, dieses Kuschelbedürfnis, was ich habe. Und ich mich auch nicht daran erinnern kann, großartig mit meinen Eltern irgendwie gekuschelt zu haben.

Nein, gekuschelt nicht. Aber wir hatten immer dieses Zwangsrückenkraulen. Wobei ich Rückenkraulen immer gerne haben mochte, was ich jetzt gar nicht mehr so ... Ist mir einfach nicht mehr wichtig. Nein, Dirk und ich, wir kuscheln nicht viel, weil mir das auch dann einfach noch zuviel ist. Ich kuschle' mit den Kindern, viel und gerne. Nein, das ist mir einfach ... too much.

Der Selbstmordversuch

Wir waren wohl in der 9. Klasse, als Anna mir im Bus auf dem Heimweg erzählte, dass sie sich am Abend das Leben nehmen wollte. Sie sagte es, kurz bevor sie aussteigen musste. Sie könnte es zu Hause nicht mehr aushalten, es würde nie anders werden, sie hätte Tabletten gesammelt, am Abend würde sie die nehmen. Ich weiß nur noch, dass ich völlig schockiert neben ihr saß, und dass sie dann ausgestiegen ist und ich mich absolut hilflos gefühlt habe. Ich habe mich keinem anvertraut, auch meinen Eltern nicht, weil ich das Gefühl hatte, dass sie mir gerade ein sehr wichtiges Geheimnis anvertraut hatte, das ich nicht brechen durfte. Auf die Idee, dass ich zur Polizei hätten gehen können oder müssen, bin ich

in dem Moment, wir waren ja erst 15, nicht gekommen. Aber ich weiß,
dass ich am nächsten Tag sehr erleichtert war, als sie wieder in der Schule
erschien. Wäre sie nicht gekommen, hätte ich mich wohl an den Vertrau-
enslehrer gewandt.

Anna: Mein Selbstmord war eigentlich mehr ... Egal was ich
machte, es war nie gut genug. Wenn ich eine Eins geschrieben
hatte mit einem Fehler ... „Warum ist der Fehler denn da
drin?" War die Arbeit scheiße ausgefallen ... Es gab keine Entschuldigung, dass es nicht null Fehler und immer null Fehler
waren. Und wenn es denn mal null Fehler waren: „Ja, siehst
du, das geht doch. Warum machst du das denn nicht gleich
so?!" Es war egal, was ich angestellt hatte oder ob ich mich
bemüht hatte oder nicht, es hat sowieso nie ausgereicht. Also
wenn ich jetzt ein Einser-Abitur gemacht hätte und ich hätte
gerne Medizin oder Jura studiert, das hätten sie sicherlich, und
vor allem Walter, lieber gesehen. Dass man sagen kann: „Meine Tochter macht Jura!" Wenn ich dann noch einen Mediziner
geheiratet hätte, standesgemäß, das wär' ja doch ... Als selbstverständlich zu sagen: „Meine Tochter wird Landwirt." Also,
da hat mein Vater unendliche Probleme mit, dass ich nun
Landwirtschaft mache.

**Viktoria: War der Selbstmordversuch für dich ... Also,
du wirst ja darauf hingearbeitet haben, denke ich mal.
Ich weiß halt nur, dass wir im Bus gesessen haben, und
dass du mir das erzählt hast, dass du es nicht mehr aus-
hältst und heute Abend Tabletten nehmen willst. Und ich
da gesessen habe, mir das angehört habe. Ich weiß nicht
mehr, wie ich reagiert habe, ob ich reagieren konnte,
aber ich weiß, dass ich mir massiv Sorgen gemacht habe.
Wir waren halt 15, das ist ja nun auch nicht das Alter, wo
man zur Polizei geht und darüber erzählt.**

Also, ich weiß, dass Walter in der Zeit mein Tagebuch gelesen haben muss. Und er hat mir das dann irgendwo vorgehalten, was ich da drin geschrieben habe. Ich hatte da auch irgendwo in der Deutscharbeit eine Zwei plus, und habe Druck

gekriegt, weil das auch nicht gut genug war. Da hätte ich ja auch eine Eins schreiben können. Das wäre ja nun ein ganz dösiger Fehler gewesen. Ja, wenn das nun nicht ausreicht, da wollte ich ... Da habe ich Tabletten geschluckt. Aber anscheinend die verkehrten. *(Sie grinst.)* Das ist auch eine Sache, über die habe ich viel nachgedacht. Aber über die ich nicht mehr viel weiß. Ich weiß, dass ich sie geschluckt habe. Ich weiß, dass ich meine gesamten Kuscheltiere alle ins Bett geholt habe. Und ich weiß, dass ich das irgendwie ... Ja, das mit ganz viel Zucker gegessen habe, weil das schmeckte wie 'nen Schlag an'nen Hals. Ich weiß noch, ich bin eigentlich wirklich völlig zufrieden eingeschlafen. Also wirklich entspannt und ganz glücklich eingeschlafen.

Das heißt, du bist dann aufgewacht am nächsten Morgen und hast dich gewundert?

Ja. Und musste dann ja sehen, dass ich zur Schule kam. *(Sie fängt an zu lachen.)*

Das heißt, du hattest eigentlich keinen, mit dem du irgendwie reden konntest, dem du dich anvertrauen konntest? Dass jemand hätte Hilfe besorgen können für dich? Du warst ja akut gefährdet!

Nein, auf die Idee wäre ich, glaube ich, auch gar nicht gekommen, das nun rum zu erzählen. Dass ich Hilfe brauche oder so. Das war einfach so. Ich hatte keine Lust mehr und fertig. Oder ich bin auch gar nicht auf einen anderen Trichter gekommen, dass irgendwas nun nicht so normal ist. Ich hatte sowieso letztendlich lange für mich den Eindruck, dass wir eine völlig normale Familie sind, dass das einfach so ist, und dass alle das Gleiche mehr oder weniger aushalten, bloß alle anderen Kinder kommen da gut mit klar. Bloß ich nicht! Das lag ganz klar an mir!

Und dass man eh keine Chance hat! Weil einem ja sowieso nicht geglaubt wird!

Ja.

Gut, das heißt, du hast die Tabletten genommen, bist eingeschlafen, bist am nächsten Morgen aufgewacht und

hast festgestellt: Oh, das hat wohl nicht geklappt. Hast du dann überlegt, noch einen Versuch zu unternehmen?

Nein, das haute ja auch nicht hin. Das konnte ich ja auch nicht! *(Sie grinst.)* Wobei ich auch bis heute nicht weiß ... Das muss meine Mutter auch ... Oder müssen beide ja irgendwo mitbekommen haben, wo die ganzen Tabletten abgeblieben sind. Also mir würde das irgendwo auffallen.

Ja, sollte man eigentlich.

Das waren ja 20, 30 Stück, die ich da gefressen habe. Also, von daher ...

Hast du das mit deinen Eltern irgendwann mal thematisiert, im Nachhinein?

Nein.

Gar nicht?

Nein.

Der sexuelle Missbrauch

1991, wir kamen in die 11. Klasse, gab es die Möglichkeit, für ein Jahr im Ausland zur Schule zu gehen. Anna und noch ein anderer Mitschüler waren die Einzigen, die diese Chance nutzten. Anna ging nach Neuseeland. Während dieser Zeit haben wir uns sehr häufig geschrieben.

Einen Teil der Kosten für diesen Austausch hat Anna selber übernommen, allerdings nicht ganz freiwillig. Vom 12.07.1990 bis zum 14.09.1990 hat sie als Kurzzeitbeschäftigte in der Stadtbibliothek gearbeitet und dort mitgeholfen, das System der Ausleihkarten auf maschinenlesbare Codes umzustellen. Ihre Mutter hatte ihr diesen Job besorgt. Für ihr Gehalt musste sie eine Abtretungserklärung unterschreiben, sozusagen als Dankbarkeit, dass sie den Austausch in Neuseeland machen durfte. Da die Stadtbibliothek zuerst nicht das richtige Formular zur Verfügung hatte, wurde ihr das richtige Formblatt nach Neuseeland geschickt, um es dort zu unterschreiben.

Brief von Walter an den leiblichen Vater bezüglich des Schulaustausches (05.11.1989):

„[…] Als zweites möchte ich Ihnen mitteilen, daß Anna sich mit dem Gedanken beschäftigt, für ein ganzes Jahr an einem Schüleraustausch teilzunehmen. Dieser Austausch würde im August 1990 beginnen und mit Gesamtkosten von ca. 12.000 DM auf uns zukommen. Ich bin bereit, von dieser Summe 3.000 DM zu übernehmen und bitte Sie, einmal darüber nachzudenken, inwieweit Sie sich über Ihren Unterhalt hinaus beteiligen wollen oder können. (…) Bei dieser Art von Schüleraustausch handelt es sich um eine Ausbildungsmaßnahme, zu deren Finanzierung Sie eigentlich komplett verpflichtet wären. Ich meine aber, wir können uns auf verträgliche Weise einigen (…).“

Brief von der Mutter an den leiblichen Vater bezüglich des Schulaustausches (22.11.1989):

„[…] Die im oben genannten Schreiben vom 05.11.1989 angesprochene Ausbildungsmaßnahme ist ebenfalls von Dir in vollem Umfang zu finanzieren. Insoweit gilt das ebenda gemachte Angebot meines Mannes nicht mehr, einen Betrag von DM 3000,-- zu übernehmen. Ich komme zu gegebener Zeit mit der genauen Forderung auf Dich zu. (…)“

Viktoria: Du warst ein Jahr in Neuseeland. Wie ist es dazu gekommen? Es gab dieses Angebot, ich fand das auch toll. Meine Eltern hätten das sicherlich gemacht, aber ich glaube, ich wollte einfach nicht weg von meinen Freunden.

Anna: Also so im Nachhinein … Oder in Neuseeland ist mir das eigentlich schon klar geworden, dass für mich die Situation zu Hause doch ziemlich ausweglos war. Der Austausch war für mich schlicht und ergreifend eine Flucht. Erst mal raus! Ich hatte da kein Heimweh. Das war für mich eine Flucht raus, erst mal zu sich selber finden. Ja, welche Kante geht das nun an oder was passiert überhaupt. Das habe ich damals noch nicht hinterfragt, aber so im Nachhinein war das egal wohin, Hauptsache weg.

Kannst du heute sagen, dass du da irgendwie eine Veränderung in dir gespürt hast? Dass du gemerkt hast, du fühlst dich freier?

Ja. Meine Gastmutter und ihre Schwester sind beide in jungen Jahren von ihrem Bruder missbraucht worden. Die müssen mich eigentlich von meinen Reaktionen und so relativ schnell durchschaut haben. Ja, ich sage mal, die erkennen das auch. Was ich da gelernt habe, ist, dass es an sich normal ist, dass du mit 16 einen Freund hast oder abends mal weg willst oder alleine in die Stadt gehst. Was es für mich damals eigentlich nicht war. Dass die mich eigentlich erst ... Mach' doch! Du kannst das, du darfst das, geh' dahin! Gut, das war eine Stadt so ähnlich wie Y., durchaus vergleichbar von der Größe. Die mir da doch einen ganzen Haufen Selbstvertrauen gegeben haben, was für die vollkommen normal war. Wo ich auch durchaus mal was mithelfen durfte oder so, aber ... Ja, ich habe auch mal Wäsche gewaschen. Nur das war zum Beispiel so, wenn ich Geld in der Waschmaschine gefunden hatte, das irgendjemand in der Hosentasche hatte, habe ich das natürlich brav dahin geschlurt. Da sagte sie, „nee, nee, wer die Wäsche wäscht und findet da Geld, der darf das behalten. Das ist so, da kann man nun selber für aufpassen und seine Taschen ausleeren." Das Verhältnis zu meiner Gastmutter war manchmal etwas schwierig, weil sie selber durch ihren Missbrauchsprozess auch noch gar nicht durch war. Inwieweit da auch noch viel hochgekommen ist oder wieder hochgekommen ist, kann ich nicht beurteilen. Sie ist damals selber auch noch oft zum Psychologen gegangen, was ich nicht durchschaut habe. Auch hatte sie Stimmungsschwankungen, die ich nicht unterbringen konnte. Aber die mich eigentlich auch erst auf den Weg gebracht haben, ja, das und das ist passiert, du kannst es nicht ändern, aber wie lange willst du dich davon noch beeinflussen lassen? Und willst du ihm auch jetzt noch das Recht einräumen, dich so zu beeinflussen? Oder willst du nicht einfach sagen, so und so ist das nun mal, aber mehr Macht gebe ich ihm nicht. Und das war eigentlich für mich entscheidend. Ich kann's nicht wirklich ändern, ich kann's nicht rückgängig machen, aber ich muss nicht länger ... Ja, mehr Macht muss ich ihm gar nicht einräumen, mich noch immer weiter zu beeinflussen.

Wusste deine Mutter davon? Vom Missbrauch?

Sie sagte nichts. Sie glaubt mir das auch heute noch nicht. Wir haben vor ein paar Jahren darüber gesprochen, vor drei, vier Jahren. Da war auch irgendein Theater, da waren sie bei uns, und ... „Walter hat doch immer auf dich aufgepasst und hat doch immer alles für dich getan!" Und da habe ich gesagt: „Weißt du überhaupt, was dieses, ‚**hat immer alles für dich getan!**', was er alles getan hat?" Das konnte ja nicht sein. Und ich konnte ganz genau sagen ... Ich habe gesagt, dieses blöde Pornovideo, das er sich da auf den Computer runtergeladen hatte, wie oft musste ich denn auf seinem Schoß sitzen und mir den angucken?! Wo die Blumenvase umfällt?! Weißt du, das sind Sachen, die weiß ich noch alle genau! Ich kann dir sagen, was die da in diesem ollen Film anhatten beziehungsweise nicht anhatten, dass halt diese olle Blumenvase da umfiel, und alles. „Ach, das meinst du?" Erst konnte er sich angeblich auch nicht daran erinnern. Das war ja alles bloß 'nen Scherz und hätte er ja nur mal zeigen wollen. Aber wie oft ich da auf seinem Schoß sitzen musste, um mir diesen Scheiß da anzugucken! Sie glaubt Walter nicht, dass da nichts gewesen ist. Jetzt haben die auch andere Sorgen. Also glaubt sie keinem. Das kann nicht gewesen sein und darf nicht gewesen sein, also war das auch nicht! Nur, wenn man das jetzt so im Nachhinein denkt, muss sie es mitgekriegt haben. Missbrauch in der Familie, ob es nun zum Ende kommt oder nicht, meistens wissen es die Mütter, mehr oder weniger bewusst. Aber ich denke, es war von ihr auch einfach ... Ja, ich sage mal Erleichterung, dass sie es nicht gewesen ist.

Was heißt, dass sie es nicht gewesen ist?

Ja, dass sie das jetzt nicht aushalten brauchte. Mutti hat mal irgendwann zu mir gesagt: „Oh, Walter hat ein Sexprogramm mit mir durchgezogen ..." So etwas sage ich auch nicht meinen

Kindern gegenüber, egal wie alt die sind!! Dass ich ihn quasi von ihr abgelenkt habe.

Wie alt warst du?

Da muss ich so 14, 15 gewesen sein.

Das heißt, ihr habt miteinander geschlafen?

Nein. Er hat mir nur gesagt, wie gerne er das täte und wie schön ich bin, und was ich für einen schönen Busen hätte und was für tolle Beine ... Also eigentlich war es bloß, dass ich mich da bei ihm auf den Schoß setzen musste oder er halt meinen Rücken kraulen wollte. Und er hat auch nachts neben mir gesessen und wollte sich dann natürlich nur eben ein Buch holen.

Aber auch da hattest du nicht das Gefühl, du könntest das irgendjemandem sagen?

Nein.

Also, wenn man das so hört, kannst du in dem Sinne dankbar sein, dass es nicht zum Vollzug gekommen ist. Weil, das würde bei dir ja noch mehr hervorrufen. Ich denke, das ist ja so schon in deiner Beziehung Thema gewesen.

Ja. *(Sie weint.)*

Und die Idee, dass das auch nicht normal ist, hattest du aber auch nicht?

Nein. Du, das wird auch als so was von normal und zwischendurch gehandhabt von Walter ... „Du, komm' mal eben her!" Das durchblickst du auch alles gar nicht. Und dann ist es halt wieder ... Was du vorhin auch sagtest: Wer glaubt dir denn???

Das heißt also, erst in Neuseeland haben sie dich darauf angesprochen, deine Gastfamilie?

Ja. Die haben mir das eigentlich auf den Kopf zugesagt. Aber auch erst nach einer ganzen Weile. Klar, du bist ja nicht 'ne Woche da und sagst dann ... Und die haben eigentlich auch gesagt, dass man nein sagen darf und dass es halt nicht normal ist. Das war ja auch alles vor Neuseeland, nach Neuseeland hat er es ja auch nicht mehr getan. Gut, da hat er dann noch mal so ein bisschen am Oberschenkel gestreichelt, aber es lief auf einer anderen Ebene ab. Dieses Verbale war immer noch da, aber nicht mehr so offensichtlich. Ich habe zu der Zeit immer ganz weite Pullis getragen, gerne Fledermausärmel oder was Selbstgestricktes.

Kannst du sagen, woran deine Gastfamilie gemerkt hat, dass du missbraucht worden bist?

Nein, das kann man nicht erklären. Das sind manchmal einfach so Signale, die man aussendet. Man erkennt sich. Kann ich dir nicht anders sagen, aber man erkennt sich.

Hat sich Walter in deiner Gegenwart befriedigt? Oder waren es nur solche zufälligen Berührungen?

Er hat sich nicht befriedigt. Aber er hat schon auch mal versucht, meinen Busen anzufassen. Ob er danach dann ins Badezimmer gegangen ist und sich einen runtergeholt hat, weiß ich nicht.

Als du mit Dirk zusammengekommen bist, hast du das thematisiert oder hat er gemerkt, dass da irgendetwas faul ist? Und wie schnell ist das gegangen, dass es thematisiert wurde?

Das ist eigentlich ganz komisch. Ja, also bei mir ist das so, wenn ich den Mann nicht so gut kenne oder in der Anfangszeit, da konnte ich immer mit ihm schlafen. Das war eigentlich mehr ... Wenn es auf eine Vertrauensbasis hinauslief, dann klappte es nicht mehr. Wenn ich ihn näher kenne. Und dann ist das auch irgendwann alles zur Sprache gekommen.

Also wenn es einfach nur Sex war, dann war's okay?
Ja.

Aber du wirst dabei wahrscheinlich auch nicht so viel empfunden haben.

Nein. Ich habe da nie fürchterlich viel bei empfunden oder Freude gehabt oder dass ich das nun unbedingt brauche, beim besten Willen nicht.

Immer noch nicht oder ist es besser geworden?

Eigentlich immer noch nicht. Es ist zwischendurch besser geworden, ja, aber es ist nun nicht ... Ich kann da gut ohne.

Und wie kommt Dirk damit klar?

Ich denke, ganz gut.

Es wird also nicht großartig thematisiert? Oder wurde es damals?

Es ist mal thematisiert worden, aber jetzt irgendwo ... Es ist halt so. Wir haben keinen Sex mehr. Ich habe drei Kinder, ich habe meine Pflicht und Schuldigkeit getan. Punkt. Nun, ich denke, da ist auch irgendwo ein ganz tiefes Verständnis und ganz viel Freundschaft und ganz viel ... Ja, Partnerschaft einfach. Es hat sich ja nun auch in diesen zehn, zwölf Jahren, die wir nun zusammen sind, auch einfach ... Die Qualität ist eine ganz andere geworden. Am Anfang haben wir sicherlich auch miteinander geschlafen, aber das ist mittlerweile das Unwichtigste überhaupt.

Der Rausschmiss

Viktoria: Das heißt, du hattest auf dem Gymnasium keinen Freund? Was ja die meisten haben, dass sie sich irgendwann verlieben.

Anna: Nein, ich hatte den ersten Freund in Neuseeland. Und dann hatte ich den ersten wirklich echten Freund mit 18. Klaus. Und da eskalierte das alles zu Hause. Mutti und Walter waren da auch in irgendeiner Art Ehekrise, auch sicherlich durch Muttis Alkoholkonsum mit bedingt. Ich weiß, dass Walter da zwischendurch auch eine Freundin hatte, weil er mir das immer erzählt hat. Und mir auch erzählt hat, wie toll die doch im Bett wäre. Aber noch lieber würde er ja nun mit mir, und was ich denn wohl könnte. Und als dann Klaus auftauchte, war der Ofen ziemlich aus. Weil er da irgendwo gedacht hat, wenn das jemand anderes mitkriegt oder ein gestandener Mann, dass es dann zur Anzeige kommt. Und dann bin ich rausgeflogen. Da hat er mich mal nach Hause gebracht und da fand ich ... Du, da bin ich um zehn nach Hause gekommen, oder später, aber immer noch um zehn! Mit 18! Ja, und das war ja unverschämt, überhaupt das auszunutzen. Diese ganze Litanei. Und auch, als ich da mal übernachten wollte, das ging ja nun gar nicht. „Nun hau' doch ab zu deinem Beschäler!" Und das war eine Sache, die mich so tief getroffen hat. Ja, das weiß ich nicht, das war eigentlich unvorstellbar. Daraufhin habe ich Walter eine geknallt und mir dadurch die Schulter ausgekugelt. Aber das war völlig unerheblich. Also überhaupt ... Ja, meine Schulter auskugeln oder so, das war für meine Eltern ... Du, das erste Mal, da war ich 14 oder 15, da habe ich 'ne Schranktür zugemacht, da habe ich mir das erste Mal die Schulter ausgekugelt. Da sind die nicht mit mir zum Arzt gegangen. Es ist nie von meinen Eltern untersucht worden. Als ich dann in die Lehre kam, wurde das immer mehr und immer öfter. Und die vom Lehrbetrieb haben dann eigentlich erst darauf gedrungen, dass das mal untersucht wird.

Das heißt, du hast dir die Schulter ausgekugelt ... Das ist ja schon ein immenser Vorgang. Da ist ja schon Kraft mit im Spiel, und eigentlich hängt der Arm dann runter. Also, es bedarf eigentlich eines Arztes, um es da wieder reinzukriegen.

Das konnte ich immer selber.

Aber es war trotzdem etwas schmerzhaft, denke ich.

Ja. Aber das war ja ... Da war die Reaktion von meiner Mutter ... „Ja, das geschieht dir ja nur recht, du hast immerhin Walter geschlagen. Warum denn? So etwas tut man nicht! Ahaa?!" Meine Mutter konnte immer auf eine ganze spezielle Weise sagen: „Ahaa?!"

Meine Mutter kann die Augen in einer bestimmten Weise aufschlagen, also mit den Augen plinkern und irgendwie gucken, und dann spannen sich hier die Halsmuskeln an, da kriege ich immer die Krise, wenn ich das sehe. Also auch so ... „Bist du dir sicher, dass du recht hast?" Oder ... Weiß ich nicht.

Ja, hau' doch ab zu deinem Beschäler. Und dann bin ich gefahren, mit dem Fahrrad, hatte ich ja nun, oder hatte ich da schon den Roller? Mag auch sein, dass ich den Roller hatte.

Aber zu meiner Freundin. Irgendwann bin ich da dann erst eingezogen. Und dann irgendwann kriegte ich ein Schreiben, dass ich doch bitte am Samstag bis um zwei Uhr mein Bett und so weiter abholen sollte, sonst käme das in den Müll. In dieser Zeit hatten sie die Schlösser ausgetauscht, hatten eine Geheimnummer beantragt, waren für mich also nicht mehr zu erreichen. Das kriegst du ja nicht raus, eine Geheimnummer. Hatten dann also die Garage auf, und da waren dann meine Sachen. Mein Bett war kaputt, weil die das so über Eck da irgendwie rausgetragen haben, das war also völlig in'nen murks. Das hat mein Schwiegervater nachher erst noch geflickt und da ein Brett vor gemacht. Und dann bin ich erst für sechs Wochen zu meiner Freundin gezogen. Mitten im Abitur. Und mit Klaus damals, der hat gesagt ... Weil meine Mutter, die war immer so an die Gänge ... Ach, der hat so eine erotische Stimme, und das wäre ja auch ein gutaussehender Mann. Der war auch acht Jahre älter als ich und Forstwirt. Du, das ist so, wenn die draußen arbeiten, die haben halt anders Kraft, als wenn das so ein Bürohering ist. Der hat immer gesagt: „Wenn ich deine Mutter becircen wollte, die hätte ich so im Bett!" Und da bin ich auch heute noch fest von überzeugt, dass sie da wohl Lust zu hatte! Ja, und Walter sah wohl alle seine Felle davon schwimmen und ist völlig durchgedreht, das war überhaupt kein Auskommen mehr. Ja, das war schon irgendwie dramatisch, die Zeit. *(Sie fängt an zu weinen.)*

Warum bist du nicht zu ihm gegangen? Weil, du bist ja nicht zu deinem Beschäler gezogen, sondern zu deiner Freundin.

Weil das für mich von Anfang an ... Das habe ich Walter auch immer gesagt. Das war für mich immer klar gewesen, das ist nicht die Liebe des Lebens oder dass man zusammenbleibt, das ist jetzt 'ne schöne Zeit und die kann man auch genießen. Aber da habe ich nie im Prinzip so viel drin gesehen, wie er da reininterpretiert hat. Noch nie. Das habe ich heute Morgen aus meinem Kalender geholt. Ich bin am 11. April 1993 mit Klaus zusammengekommen. Dann bin ich irgendwo relativ schnell danach ... Das muss ja im Mai gewesen sein, Anfang Mai oder so, bin ich zu Hause rausgeflogen, noch vor dem mündlichen Abitur. Da haben meine Eltern mir Mitte Juni zwei Wochen auf Ibiza spendiert. Eigentlich mit dem Hintergrund, dass ich in diesen 14 Tagen doch Klaus vergessen und als liebe, treue Tochter doch bitteschön zurückkehren sollte.

Das heißt, sie haben dich rausgeschmissen, haben sich eine Geheimnummer besorgt, und haben dann aber noch Urlaub spendiert?

Ja.

Das ist ja nicht wirklich konsequent.

Nein.

Und auch nicht wirklich logisch.

Nein.

Das heißt, sie haben dich dann zügig rausgeschmissen. Im April seid ihr zusammengekommen und zwei, drei Wochen später war's dann so weit.

Hatten wir denn ...? Mündlich war doch später, oder, als das schriftliche?

Ja.

Ja, aber ich bin doch während des ... *(Sie blättert in ihrem Kalender.)* Ja klar! Ich war doch gar nicht dabei, als die Abizeugnisse verliehen wurden! Ich war doch abends beim Abiball, aber die Abizeugnisse hatte ich doch schlicht und ergreifend vergessen. Weißt du das noch?

Nein. Ich überlegte jetzt gerade, wo dein Gedankensprung ist. Was wir gerade gesagt haben ...

Weil ich nicht zu Hause war! Ich habe mich ja bei meiner Freundin fertig gemacht. Ich habe damals ja aus dem Koffer gelebt. An meinen Abiball habe ich gedacht. Aber dass da morgens erst diese Zeugnisverleihung ist, da habe ich überhaupt nicht dran gedacht. „Und du kommst erst wieder, wenn du in der Gosse liegst!!" *(Sie lacht.)*

Ja, das baut auch auf.

Ja, und nach Ibiza war ich dann ja immer noch mit Klaus zusammen.

Und warst du mit deinen Eltern zusammen auf Ibiza?

Nein, nein alleine. Da hätte ich mir doch so 'nen flotten Spanier anlachen sollen, so ein bisschen one-night-stand-mäßig durch die Gegend, damit ich auch 'nen bisschen was kennenlerne. Damit ich da auch auf andere Gedanken komme. Das war mir ja nahegelegt worden, mir da dann doch in dem Sinne eine schöne Zeit zu machen.

Aha ...

Das wäre auch vollkommen in Ordnung gewesen. Aber halt nicht mit Klaus.

Weil der vor Ort war, oder wie?

Der war vor Ort und der war älter, und ja, von dem ging wohl mehr Gefahr aus als von einem Spanier, den ich da für 14 Tage kennenlerne und mit dem ich mich vergnüge und dann in Spanien lasse. Weißt du, da ging ein ganz anderes Gefahrenpotenzial von aus. Und als ich dann halt immer noch mit ihm zusammen war, da war der Ofen dann ja völlig aus.

Annas neue Familie

Viktoria: Du sagtest vorhin, deine Eltern haben dir den Ausbildungsbetrieb gesucht. Du hast also geäußert, du willst Landwirt werden.

Anna: Ja. Sie haben bei der Kammer angerufen, wie das überhaupt läuft. Dann waren das so ein paar Betriebe, da sollte ich diese offizielle Bewerbung mit Passfoto und Lebenslauf schicken. Und dann waren das drei, vier Betriebe, die sich gemeldet haben, die wir uns angeguckt haben. Und ja, einen davon haben sie dann für mich ausgesucht, weil der ja auch entsprechend modern war und groß genug und ich da was lernen könnte. Naja, ich weiß nicht, ob ich da eine Woche voll durchgehalten habe, aber viel länger glaube ich nicht. Das war ... Also im Nachhinein, wo ich nun in der Materie geblieben bin und wir ja nun auch selber schon seit zehn Jahren ausbilden und da einiges an Lehrlingen durch haben, sag' ich immer noch, war das ein Lehrbetrieb unter aller Kanone. Wo die sich einfach keine Zeit genommen haben, irgendetwas zu erklären, irgendetwas beizubringen.

Und wieso machte der nach außen so einen modernen Eindruck?

Also erstens hatte Walter da auch keine Ahnung von, das zu durchschauen, ist einfach so. Du, die hatten 'nen großen Schlepper und was weiß ich alles. In dem Sinne modern war er schon. Gut, Landwirtschaft hat nie viel Geld für die Lehrlinge ausgegeben, auch heute nicht. Das sind sicherlich mit die schlechtbezahltesten Berufe. Aber bei diesem hieß es dann übertariflich, und es gibt auch immer ein bisschen mehr, und das war dann eigentlich für Walter der ausschlaggebende Grund.

Du hast also eine Woche durchgehalten.

Ja. Und bin dann zu meiner Oma gefahren. Ich habe von Oma zum 18. Geburtstag ein Auto geschenkt gekriegt. Und war damit beim Tanken, als Walter ankam. Mittags, bevor ich losfahren wollte. Und da kam dann mein Vater an: „Was machst du denn hier? Was hast du hier überhaupt zu suchen? Und wieso arbeitest du nicht? Das erklär' mir jetzt mal genauer!" Das war eigentlich so das Letzte, was ich damit geredet habe. Dass ich gesagt habe, dass ich da nicht mehr bin. Das waren eigentlich so die letzten Worte.

Und dann bist du zu deiner Oma. Und wie hat dann ... War das dann schon Dirks Betrieb, an den du vermittelt worden bist?

Das war Dirks Betrieb. Halt im Alltag kennengelernt. *(Sie schmunzelt.)*

Annas und Dirks Großmütter waren Cousinen, daher kannte Annas Oma den Betrieb. Allerdings wusste sie zu dem Zeitpunkt noch nicht, dass dort auch ausgebildet wurde, da Dirk erst kurz vorher seinen Abschluss als Landwirtschaftsmeister gemacht hatte. Annas Oma wollte, dass Anna sich nach ihrer ersten schlechten Erfahrung einen anderen Be-

trieb anschaut, um die Unterschiede kennenzulernen. Einen Tag später fragte Anna wegen eines Ausbildungsplatzes nach.

In Dirks Familie habe sie sich sofort wohlgefühlt, da es einfach sehr herzliche Menschen sind. Sie und Dirk verliebten sich ineinander, und nachdem sie eineinhalb Jahre zusammen waren, heirateten sie. Annas Oma hatte sich gefreut, dass Anna und Dirk sich ineinander verliebt hatten, auch wenn sie irgendwann wehmütig äußerte: „Die Deern gehört uns gar nicht mehr!", weil Annas regelmäßige Besuche am Wochenende weniger wurden.

Zur Hochzeit haben die Großeltern das Brautkleid spendiert sowie sich um die Aussteuer gekümmert, Geschirr und eine Wohnzimmereinrichtung. Der Polterabend, der traditionell von den Brauteltern ausgerichtet wird, fand aus Platzgründen bei Annas Schwiegereltern statt. Allerdings stifteten die Großeltern das Fleisch und halfen bei den Vorbereitungen. Die Nacht vor der Trauung hat Anna bei ihren Großeltern geschlafen. Dort wurde auch am nächsten Morgen das Brautfrühstück ausgerichtet. Der Großvater hätte Anna gerne anstelle des Brautvaters in die Kirche geführt. Allerdings wird diese Tradition in der Region, in der Anna wohnt, nicht durchgeführt, um die Selbstständigkeit der Frau zu betonen.

Annas Eltern waren nicht zu der Hochzeit eingeladen, aber ihr Name stand auf einmal auf der Gästeliste. Annas Schwiegervater rief daraufhin bei ihnen an, dass sie bitte davon Abstand nehmen mögen, Anna wollte sie bei der Hochzeit nicht dabei haben. Annas Schwiegermutter versuchte zwar noch eine Zeit lang zu vermitteln und Anna dazu zu bewegen, ihre Eltern anzurufen. Aber seitdem sie sie kennengelernt und einige Schoten miterlebt habe, sei sie davon geheilt.

Viktoria: Das heißt, der Kontakt fing dann wieder an, weil du ein Kind bekommen hast.

Anna: Ja. Da haben wir denen eine Karte mit Katrins Fußabdruck geschickt. Ja, und da ging das eigentlich weiter als „beste Mama aller Zeiten". Das Ganze, warum ich rausgeflogen bin, ist nie zur Sprache gekommen. Da haben wir auch jetzt noch nicht drüber geredet. Und ich kann auch heute noch … Ich kann da zwar hinfahren und da auch einen Tee mit trinken, aber irgendwo … Ja, sonst irgendetwas mit denen zu reden, fällt mir ziemlich schwer. Ich rede mit Mutti so ein bisschen über Bücher und übers Wetter, aber anders brauche ich mich nicht mit denen zu unterhalten. Will ich auch gar nicht.

Und das wurde aber mehr, nicht nur wegen Katrin, sondern auch wegen deines Opas oder wegen deiner Oma, weil die krank geworden sind?

Nein, da hatten wir noch gar nicht unbedingt so viel mehr Kontakt, weil einfach auch die räumliche Nähe fehlte. Aber die sind in der Zeit auch alle 14 Tage mal zu uns gekommen, um die Kinder zu sehen, oder alle drei Wochen.

Also sie haben euch besucht?

Ja. Ich bin da nie wieder hingefahren.

Aber wenn sie gekommen sind, warst du dann da? Dass du mit ihnen im selben Raum sein musstest? Und haben sie dann mit den Kindern was gemacht?

Ja, aber die sind nie lange geblieben. Die haben für die Kinder Geschenke hergebracht, man hat vielleicht noch eine Tasse Tee getrunken, aber dann sind die auch immer schnell abgedampft. Die haben sich nie fürchterlich … Das tun die heute auch noch nicht. Also länger als eine halbe Stunde sind die eigentlich selten da.

Das heißt, die wohnen da jetzt, und … Das ist ja bei euch auch um die Ecke. Und ich denke, Dirk und seine Familie, die haben dann irgendwann verstanden, warum du nicht so begeistert bist, mit deinen Eltern Kontakt zu haben! Hast du das Gefühl … Oder ist das bei euch und eurer Familie noch irgendwie Thema? Im Sinne von: Kennst du schon die neueste Anekdote?

Nein. Das ist auch eigentlich nicht mehr so. Seit die drüben wohnen, ist da einfach auch viel Mitleid, weil's halt mit meiner Mutter … Du, die hat drei Wochen in dem Haus gewohnt, wo sie ja nun auch viel für getan hat, mit der ganzen Hin- und Herzieherei … Die war da drei oder vier Wochen drin, da ist ihr die Lunge zusammengefallen. Letztendlich haben sie jetzt nichts mehr von ihrem Haus, so dieses ganze Großartige, was sie vorhatten. Also Walter ist jetzt auch 'nen ganzen Teil ruhiger geworden.

Also lebt ihr jetzt friedlich nebeneinander her? Da sind jetzt keine Berührungspunkte?

Nein. Ist auch eigentlich sehr wenig Kontakt zu. Obwohl sie jetzt so nah sind, ist das eigentlich wenig.

Hast du das Gefühl, dass deine Kinder diese Querelen unterschwellig mitbekommen?

Glaub' ich nicht. Also sie gehen da auch noch gerne hin.

Hast du jemals daran gezweifelt, dass du Kinder haben möchtest?

Keine Kinder haben wollte ich eigentlich während des Abiturs, so 12., 13. Klasse. Das wäre das Schrecklichste für mich gewesen, Kinder und überhaupt, oh Gott oh Gott.

Da war es bei dir ja auch relativ akut. War es dann mit Dirk zusammen einfacher? Mit dem Gedanken, wir wollen zusammenbleiben, oder, das ist meine Familie?

Ja. Doch. Gut, ich war ja damals auch noch ziemlich jung, aber das ist so 'ne Sache, wo ich sagen kann, auch Katrin oder alle Kinder waren eigentlich wirklich, ja, mehr oder weniger geplante Wunschkinder. Ja, vor allen Dingen, als wir uns über Katrin Gedanken gemacht haben, haben wir nicht im Geringsten an meine Eltern gedacht, weil da ja auch noch gar kein Kontakt war. Da muss ich sagen, da fühle ich mich eigentlich jetzt in meiner Familie oder auch mit Dirk doch so sicher und geborgen, dass ich die da beim besten Willen nicht zu brauche oder in irgendeiner Form von denen abhängig bin. Ob die nun da sind oder nicht, das ist für mich persönlich so was von scheißegal. Deswegen habe ich trotzdem mein Pferd und trotzdem mein Auskommen. Nein, dass die also in der Richtung eigentlich keine Rolle gespielt haben. Nein.

Hattest du auch so was im Sinne von ... Was bei mir einfach häufig so ist: Das sind doch deine Eltern! Das ist doch dein Vater! Das kannst du doch nicht machen! Sind die Leute auch so auf dich zugekommen?

Ja. Kannst du nicht machen, und warum, und denk' doch mal und was weiß ich was, das kenne ich wohl alles. Das war vor allen Dingen so diese Zeit, als ich keinen Kontakt haben wollte. Aber das musste einfach irgendwo akzeptiert werden. Ich meine, die waren ja nun auch nicht nett zu mir! Und irgendwo hat's ja auch seine Gründe, dass ich nun vier oder fünf Jahre keinen Kontakt haben wollte. Keinen Kontakt hatte. Und sie haben ja von sich aus auch nicht einmal den Versuch gemacht, mich ausfindig zu machen. Haben sie auch nie versucht. Obwohl, Mutti hat, kurz nachdem Walter mich rausgeschmissen hatte, eine Entziehungskur gemacht. Und sie ist ja seitdem auch wirklich trocken. Nur trotzdem hat sie danach nie den Versuch gemacht, mich ausfindig zu machen. Was ja nur ein Anruf gewesen wäre. Wenn man möchte!

„Narben" aus der Vergangenheit

Viktoria: Hast du für dich das Gefühl, dass du bestimmte Verhaltensweisen, die du früher angelegt hast, um überhaupt mit deinem Leben klarzukommen, dass du die jetzt noch hast? Und dass sie dein Leben beeinflussen und beeinträchtigen?
Anna: Ja.
Wo du innerlich merkst, du hast 'ne Sperre?
Ja. Ich habe immer noch ganz große Kontaktschwierigkeiten. Smalltalk oder mich überhaupt so wirklich auf Fremde einlassen und einfach so mit hingehen. Da bin ich eigentlich immer ganz auf Vorsicht bedacht. Was wird daraus, bloß nicht zu viel erzählen und lieber erst mal nix sagen. Ich kann ganz schlecht Leute kennenlernen. Während Dirk mit jedem losquatscht und ansabbelt. Ich kann das auch immer noch nicht gut haben, wenn ... Ganz lange war das Problem, wenn Dirk irgendwas getrunken hatte. Der hat dann im Wohnzimmer geschlafen. Weil ich das nicht haben konnte, wenn er da mit Alkohol neben mir liegt. Oder wenn er mich denn auch angefasst

hat. Das war absolut tödlich. Mittlerweile geht das besser. Aber wenn ich weiß, dass Dirk viel getrunken hat, das sind Sachen, wo ich einfach nicht hinkomme. Ich bin nun mal eher die Spaßbremse so auf Partys. Ja, kann ich nix tun.

Aber solche Sachen mit, wenn er getrunken hat und dann neben dir im Bett liegt, konnte er das nachvollziehen?

Ja.

Und hat er das auch von Anfang an respektiert?

Ja. Ich glaube, sonst wären wir auch nicht zusammen.

Thema Geld, hast du da ein Problem?

Nein. Ich habe sowieso kein Geld. Nein, Geld geht. Wobei ich es sehr schwer finde, im Restaurant zu bezahlen.

Findest du das für dich schwer?

Ja. Wenn ich nun sage: „Hallo, ich möchte zahlen!" *(Sie windet sich auf ihrem Stuhl.)* Da kann das durchaus sein, dass ich, wenn nur ich Geld mithabe, dass ich Dirk mein Portemonnaie gebe und er dann zahlt. Ich meine, mittlerweile macht er das nicht mehr. Aber an sich diese ... Ich kann da halt auch nicht eine Stunde sitzen und die Leute flehentlich angucken.

Und weißt du, woher das kommt? Verbindest du irgendetwas für dich damit, weshalb du dich das nicht traust?

Du, das ist vielleicht auch einfach so ... Oder wenn man irgendetwas extra haben möchte oder was umbestellt haben möchte, dass ... Ja, dass du eigentlich, wenn du zahlst, auch ein Recht darauf hast. Und wenn du meinetwegen den Salat ohne Salatsoße möchtest, dann können sie den gefälligst auch ohne Salatsoße bringen. Aber so ... Dass man dadurch vielleicht zuviel an Farbe gewinnt, zu sichtbar wird.

Man kriegt die Aufmerksamkeit.

Ja. Eigentlich lieber möglichst 'nen bisschen unsichtbar. Und bloß nicht auffallen.

Bevor noch jemand anderes denkt, mein Gott, was ist die blöd, wieso nervt die mich schon wieder.

Also, das habe ich aber auch noch.

Wenn so eine Situation ist – wie ist das für dich innerlich? Hast du dann wirklich Panik, also wirklich Angst, dass du dich nicht traust? Oder stellst du fest, es ist so, und meldest dich dann trotzdem und sagst, so, ich will jetzt aber keine Salatsoße haben. Versuchst du, die Situation zu meiden?

Das kommt oft darauf an, wie überhaupt meine Stimmung ist. Ist so ein bisschen abhängig von der Tagesform. Wobei ich früher die Situation sicherlich gemieden hätte und habe irgendetwas gegessen, was ich gar nicht mochte. Was jetzt anfängt mehr zu werden, dass ich wirklich auch bewusst sage, das möchte ich nicht. Aber das kommt jetzt erst. Das wird immer mehr. Aber das kommt auch jetzt soweit, wenn mir wirklich etwas nicht schmeckt oder wenn die da Bockmist gebaut haben, dass ich dann sage: „Hallo! Das Essen ist versalzen!" Auch bei Kleinigkeiten. Vor Jahren hätte ich dann Pommes gegessen. Da hätte ich sie gar nicht darauf angesprochen, dass ich mir eigentlich Kartoffeln bestellt habe. Und das wird eigentlich mehr. Und dass ich mittlerweile auch mal nein sage oder etwas absage.

Kannst du das genießen oder hast du da innen drin noch ein schlechtes Gewissen?

Das ist auch Tagesform abhängig. Obwohl so dieses Genießen mehr wird. Das ist aber auch nicht immer so.

Ich merke inzwischen bei mir, dass ich von anderen Leuten Respekt erwarten kann! Dass ich natürlich auf eine Art mit Respekt behandle, aber diesen Respekt selbst genauso erwarten kann. Wenn der mich blöd anmacht, dann mache ich den zurück blöd an, weil ich das Recht dazu habe! Ich muss mich nicht anpflaumen lassen! Das wird bei mir mehr. Aber nichtsdestotrotz, wenn das halt eine bestimmte Figur ist, die meinem Vater ähnelt, vom Alter, vom Aussehen, vom Charakter her, dann muss ich mich dazu zwingen. Dann muss ich mir halt sagen ...

Ja, das stimmt. Das habe ich auch. Da habe ich auch so bestimmte Leute, wo ich dann sage, da rede du lieber mit. Weil ich dann auch vielleicht Angst habe, dass ich zu ausfallend werde. Wo ich dann einfach sage, hier, komm, das machst du mal. Oder ich gehe da grad nicht mehr hin. Ich kann auch woanders kaufen. Ich war hier bei uns beim Supermarkt. Da kaufen wir nun schon, die ganze Familie, seit ewigen Jahren. Das ist der angestammte Einkaufsladen. Ich kaufe da ja nun auch schon seit zehn, zwölf Jahren, und da sind auch meist die gleichen Verkäuferinnen. Was wir mit zehn Personen brauchen, das ist weiß Gott ja nicht wenig. Irgendwann habe ich da für 80 Euro eingekauft, und wollte mit EC-Karte bezahlen und hatte keinen Personalausweis dabei. Konnte mich ja nun nicht ausweisen. Ich sag', „habe ich nicht mit". Da wäre ich ja nun zu verpflichtet und überhaupt und das steht da auch dran und sonst dürfte ich da gar nicht einkaufen und überhaupt und Rhabarber, Rhabarber, Rhabarber. Ja, habe ich sie angeguckt, ganz groß, und tat mir ja nun auch leid. Dann hat sie noch jemanden anderen gesucht, der mich kannte. Die eine meinte auch, die würde mich auf einmal gar nicht mehr kennen. Bis dann irgendwer sich da erbarmte für mich armes kleines Mäuselein, und sagte: „Ja, die kommt hier schon länger her und das geht in Ordnung." Es geht ja gar nicht darum, dass sie mich ermahnt hat, dass ich meinen Personalausweis nicht mithatte. Wenn sie nun gesagt hätte, ja, tut mir leid, wir müssen das nachfragen ... Aber gleich dieses Schafott, was da auf mich herunterfiel, und verpflichtet und überhaupt und steht doch da oben ... Ich bin nicht mehr in dem Laden gewesen. Dann hat in E., was von uns genauso weit zu fahren ist, ein anderer Markt neu aufgemacht. Und die haben für alle zehn Euro eine Rabattmarke gegeben. Dann hatten die so eine Aktion, da solltest du etwas extra kriegen für die Rabattmarken. Ja, dann hatte ich irgendwann 200 Rabattmarken zusammen! In diesem Zeitraum! Das war immerhin für gut 2000 Euro, was ich da gekauft habe. Was dem anderen Laden so entgangen ist. Wo ich auch nicht böse drum bin. Nur, um mal die Größenordnung zu zeigen. Aber in den Laden gehe ich nicht mehr rein, tue ich nicht. Wenn die mich als Kunden nicht haben wollen, dann ist das fertig.

Hast du in der Situation irgendwas äußern können?

Nein, gar nicht. Da war ich völlig sprachlos.

Wahrscheinlich auch eher stocksteif vor Angst in dem Moment, oder?

Ja. Anstatt da zu sagen, nun behaltet mal euern Scheiß, könnt ihr ja wieder einräumen, wenn ihr mich nicht wollt, und hocherhobenen Hauptes da rauszugehen, oder gleich den Geschäftsführer zu verlangen, der mich ja nun irgendwo auch kennt und alles, und dem zu sagen: „Hallo! Norden Sie mal Ihre Kassiererinnen ein! Und wenn, dann kann die das höflich sagen und nicht in der Art und Weise, anstatt mich darüber zu belehren, was ich zu tun und zu lassen hab." Das fällt mir in dem Moment dann nicht ein, und das würde ich auch immer noch nicht tun.

Du hoffst einfach darauf, dass die Menschen nett sind und dich nett behandeln?!

Ja. Im Großen und Ganzen, ja!

Kannst du mit Dirk über so etwas reden?

Ja.

Wie behandelt er dich dann?

Manchmal lacht er mich natürlich aus, aber mehr so liebevoll. Das sind einfach auch Sachen, die ich, ja gut, wo ich mich auch nicht so fürchterlich jetzt drum drehen kann.

Du meintest, du hättest mal eine Therapie angefangen oder warst zu einer psychologischen Beratung? Hast du da die Notwendigkeit gesehen oder gab es einen Anstoß von außen?

Nein. Das wollte ich für mich machen. Und das ging da über diese Familienberatungsstelle. Da war ich auch noch in der Lehre. Als das mit Dirk so hoch kam, dass ich da auch Dirk gegenüber mehr geblockt habe. Dass mir das einfach irgendwie zu viel war. Als das da hoch kam, habe ich gesagt, so, nun versuchst du das mal. Irgendwo ist es zwingend. Aber das war eine Tante, mit der ich überhaupt nicht reden konnte. Die mir da auch in dem Sinne wenig entgegen gekommen ist. Die hat sich da hingesetzt, die hat guten Tag gesagt, und dann saß man sich gegenüber, und dann hat sie erst nichts gesagt. Da war keine Einleitung. Und dann sollte ich von mir aus etwas erzählen. Das ging gar nicht. Da bin ich, glaube ich, auch nur dreimal gewesen. Ich weiß nicht, was sie da nun mit bezwecken wollte, oder was mir da nun klar werden sollte, wenn ich das erzähle. Weiß ich nicht, das war nicht so erfolgreich.

Aber Dirk und du, ihr seid noch zusammen!

Ja. *(Sie schmunzelt.)*

Ihr seid ganz zufrieden. War sie nicht so richtig notwendig anscheinend.

Nein. Weiß man nicht, was anders gelaufen wäre.

Viktoria Schuhmacher

Die Kämpferin

Weihnachten 2005 erschien ein neues Lied von Xavier Naidoo, „Dieser Weg". Er hat es für sein Patenkind geschrieben, um ihm etwas auf seinem Weg ins Leben mitzugeben. Als ich das Lied zum ersten Mal hörte, hätte ich sofort anfangen können zu heulen (was nicht wirklich förderlich gewesen wäre, da ich mich im Auto befand). Nichts beschrieb meine Situation, in der ich mich gerade befand, besser! Nichts drückte meine tiefe Verzweiflung über die Geschehnisse der letzten Monate besser aus! Kurz zuvor hatte ich herausgefunden, dass mein Vater mich jahrelang bewusst benutzt hatte, um seine Steuertricks zu tarnen. Und er hatte es gut verstanden, mich im Ungewissen darüber zu lassen. Er musste mich im Ungewissen lassen, damit ich nicht auf die Idee kam, dass ich eigene Rechte hatte, und dass das, was er finanziell mit mir veranstaltete, deutlich am Rande der Legalität ablief. Ich brauchte einen Anwalt, der Licht ins Dunkel brachte. Der für meine Rechte kämpfte. Der mir sagte, dass ich überhaupt Rechte hatte!

Ich bin als Teenager und auch noch mit Anfang 20 häufig um meine Eltern beneidet worden, dass ich bereits mit 16 Jahren bis 23 Uhr (eventuell sogar länger) wegbleiben durfte; dass mir keine Vorhaltungen über meine Zensuren gemacht worden sind; dass ich gerne auch viele Freunde nach Hause einladen durfte; dass ich für meine Ausbildung nach Berlin gehen durfte und dort eine eigene Wohnung bekam und nicht im Studentenwohnheim wohnen musste, … Ja, oberflächlich gesehen hatte ich ein tolles Leben. Ich musste mir um nichts Sorgen machen. Meine Eltern waren nicht gerade unvermögend und ich bekam eigentlich alles, was ich mir wünschte. Materielle Sorgen hatte ich definitiv nicht. Aber ich habe einen Preis dafür bezahlt, einen sehr hohen, der mir erst jetzt, mit Anfang 30, deutlich bewusst wird. Ich hatte nicht wirklich eine Chance, das Ganze zu durchschauen, denn dazu fehlten mir das Wissen und die „Vergleichsobjekte". Und letztendlich: Wenn man seinen Eltern nicht vertrauen kann, wem denn dann?! Mein Vater hat es gezielt verstanden, mein Selbstbewusstsein kontinuierlich zu untergraben. Und je selbstbewusster ich wurde, was ja ein natürlicher Prozess ist, je älter man wird, desto heftiger wurden diese Attacken. Jetzt, im Nachhinein, erzählen mir Menschen, die mich aus der Schule kennen, dass sie schon damals das Gefühl hatten, dass ich mich zu Hause nicht wohlgefühlt habe. Dass mein Vater mir gegenüber immer sehr distanziert gewesen sei. Aber wie soll man das in Worte fassen, wenn man erst 15 ist?! Heute weiß ich, dass ich nie eine Familie hatte. Dass das, was bei uns „Familie" darstellte, eine absolute Farce war. Dass ich es geschafft habe, mich aus diesen Zwängen und Erwartungen zu befreien, war hart und sehr schmerzhaft. Mein Vater war mir ein sehr guter Lehrmeister darin, wie man anderen Menschen vor den Kopf stößt und sich über ihre Wünsche und Bedürfnisse einfach hinwegsetzt. So wie er es jahrelang bei mir gemacht hat, habe ich es von ihm übernommen und bei ihm angewandt, was letztendlich zum Bruch geführt hat. Mir als Tochter stand das natürlich nicht zu. Natürlich bin ich Schuld an dieser ganzen Situation, ich musste ja schon immer mit dem Kopf gegen die Wand rennen …

Ich mag mein Leben. Alles hat mich zu dem Menschen gemacht, der ich heute bin. Und ich bin stolz auf diesen Menschen, denn es war harte Arbeit, so offen und tolerant und gerecht zu werden, wie meine Umwelt mich wahrnimmt. Allerdings hoffe ich sehr, dass ich die Fehler, die meine Eltern bei mir gemacht haben, die Narben, die eindeutig auf meiner Seele vorhanden sind, nicht an meinen Kindern auslassen werde. Dass es mir gelingt, ihre Psyche nicht nachhaltig zu schädigen, damit sie früher und glücklicher als ich ihr eigenes Leben leben können.

Aus dem Leben meines Vaters

Im Gegensatz zu der Herkunft meiner Mutter weiß ich über die Kindheit meines Vaters so gut wie gar nichts. Meine Mutter hat mir zwei oder drei Dinge erzählt, die sie selbst von der Schwägerin meiner Oma, meiner Großmutter väterlicherseits, erfahren hat. Demnach hatte mein Vater keine wirklich sehr angenehme Kindheit. Ich glaube nicht, dass er geliebt worden ist. Eines dieser wenigen Dinge ist, dass mein Vater ein Lieblingshuhn hatte, mit dem er immer gespielt hat. Und eines Tages wurde ihm dieses Huhn als Mahlzeit vorgesetzt. Seitdem isst er kein Hühnerfleisch mehr, was meines Erachtens verständlich ist. Ein anderes Erlebnis muss gewesen sein, dass mein Vater (er war da noch sehr klein) heimlich Milch getrunken hat, obwohl seine Mutter es ihm ausdrücklich verboten hatte. Als sie es dann herausgefunden hatte, hat sie wohl mehrere Tage nicht mehr mit ihm geredet, bis er sie weinend um Entschuldigung bat.

Meine Mutter hat in den letzten Jahren gerne als Entschuldigung für seine verqueren Verhaltensweisen benutzt, dass mein Vater zu Hause ja nie gelernt habe, was Liebe sei. Das mag gerne sein. Aber das würde zum einen bedeuten, dass er auch in seiner Beziehung mit ihr nicht gelernt hat zu lieben. Und zum anderen: Soll diese Standardentschuldigung dafür herhalten, sich selbst nicht reflektieren zu müssen??!!

Meine Mutter

Während der Arbeit an diesem Buch stellte sich immer mehr heraus, welche wichtige Funktion meine Mutter als Partnerin meines Vaters beziehungsweise auch als Vermittlerin zwischen meinem Vater und mir hatte. Ich hätte sie gerne aus diesem gesamten Komplex heraus gehalten. Ich bin dazu erzogen worden, sie in Ruhe zu lassen, damit sie sich von ihren Krankheiten erholen kann. Dass ich folgsam zu sein habe, da es ihr schlecht geht. Mein Bild von ihr ist das einer schwachen, vom Leben mitgenommenen Frau, die zum einen durch ihre Schwiegermutter arg gebeutelt ist, die zum anderen darauf wartet, dass die Ärzte endlich eine Antwort finden, damit sie wieder ein normales Leben führen kann. Aber sie taucht immer wieder in den verschiedensten Situationen auf. Zwar immer nur am Rande, aber schon deutlich wahrnehmbar. Und auch während meiner Therapie, die ich 2006 begonnen habe, musste ich mein Bild von ihr revidieren. Die übergeordnete „böse" Figur, der ich die meisten meiner seelischen Narben zu verdanken habe, ist sicherlich mein Vater. Leider nur hat sich meine Mutter, je älter ich wurde, mit ihren Verhaltensweisen den seinen angepasst. Irgendwann wurde mir klar, dass ich für sie der seelische Mülleimer bin. Wie es mir geht, welche Probleme ich habe beziehungsweise welche Situationen mich beschäftigen, haben sie ab einem bestimmten Zeitpunkt nicht mehr interessiert. Irgendwann habe ich mich gefragt, warum ich eigentlich den Kontakt zu ihr nach wie vor suche, wenn ich jedes Mal enttäuscht werde.

Wie ich meine Mutter erlebt habe

Meine Großmutter mütterlicherseits, meine Omi, wurde im Alter von drei Jahren adoptiert, als ihre leibliche Mutter verstarb. Sie wäre gerne Kinderärztin geworden, aber ihr Adoptivvater erlaubte ihr nur die Hauswirtschaftsschule zu besuchen. Sie und mein Großvater lernten sich 1932 auf einem Ball kennen. Zwischen ihnen muss vom ersten Augenblick an eine tiefere innere Verbundenheit bestanden haben. Mein Großvater wurde kurz vor der Geburt meiner Mutter 1942 erschossen. In der Minute seines Todes träumte meine Omi von ihm, dass er sich von ihr verabschiedete. Zum Glück für meine Großmutter kam er nicht als Soldat im Kriegsgeschehen um, sondern wurde während eines Arbeitseinsatzes in Frankreich aus dem Hinterhalt erschossen. Zum Glück deshalb, weil ihr somit eine akzeptable Witwenrente zustand, die ihr ein gewisses Grundeinkommen sicherte. Als er erschossen wurde, wandte sich seine Familie von ihr ab. Sie musste sich von ihrer Schwiegermutter den Vorwurf gefallen lassen, sie haben den geliebten Sohn in den Tod getrieben. Auch wurde von der Verwandtschaft angezweifelt, da war meine Mutter bereits erwachsen und forderte ihr Erbe ein, ob das Kind ehelich zur Welt gekommen war.

Meine Mutter muss als junge Frau eine sehr energiegeladene Person gewesen sein. Sie war Schulsprecherin einer Jungenschule, später Berufsschullehrerin, und sie wurde von ihren Kollegen auserkoren, den frisch eingeführten Sexualkundeunterricht zu halten. In den 1960ern studierte sie Betriebswirtschaft, lernte während des Studiums meinen Vater kennen, promovierte, hatte an der Universität einen Lehrauftrag ... Für ihre Altersgruppe ein schon recht außergewöhnlicher Werdegang für eine Frau. Leider kenne ich diese Person nur aus Erzählungen. Wobei sie mir jetzt widersprechen würde, dass ich sie ja, als ich noch ganz klein war, auch so kennengelernt habe. Aber so wie ich sie den Hauptteil meines Lebens erlebt habe, kann ich sie mir leider nicht aktiv und engagiert vorstellen.

Als ich 19 war, stellte ich für mich fest, dass sie eigentlich das klassische Hausmütterchen ist: Wartet mittags mit dem Essen auf ihren Mann, kümmert sich um alles, und hat eigentlich kein eigenes Leben und keine eigenen Interessen mehr. Das Erschreckende daran war: Meine Mutter hat sich selbst nie so empfunden! Und das besonders Erschreckende für mich daran war, dass meine Eltern mir beide die Figur des klassischen Hausmütterchens immer sehr negativ, als Lebensentwurf nicht wirklich erstrebenswert dargestellt haben. Letztendlich haben sie sich über die Frauen lustig gemacht, die sich für diesen Weg entschieden hatten. Ja, meine Mutter hat unter ihren ganzen Erkrankungen gelitten, die sie zum Teil jahrelang im Haus gehalten haben. Aber wenn sie von ihren täglichen Erlebnissen erzählte, die sie mit Handwerkern oder wem auch immer hatte, klang das immer nach „denen habe ich es aber gezeigt!" Je älter ich wurde, je mehr ich also selbst Erfahrungen mit Dienstleistern machte beziehungsweise meine Mutter auch im Umgang mit ihnen erlebte, und dann hinterher anhand ihrer Erzählungen feststellte, dass sie anscheinend eine ganz andere Situation als ich erlebt hatte, desto mehr verlor ich den Respekt vor ihr. Sie war immer maßlos enttäuscht von mir gewesen, wenn sie mich als Kind beim Lügen ertappt hatte. Somit konnte ich überhaupt nicht verstehen, wieso sie nicht einfach nur die Situation erzählte, die sie erlebt hatte. Wieso sie diese Situation immer ausschmücken musste, damit hinterher ein Bild erschien, in dem sie nicht nur gut dastand, sondern geradezu brillierte. Ich mochte dieses Verhalten nicht. Ich mag es immer noch nicht, wenn Menschen sich profilieren, und ich merke, dass da eher heiße Luft als wirkliches Wissen und Erleben an den Tag kommt. So etwas empfinde ich als unehrlich. Wenn ein Kind lügt, um sich in einem besseren Licht darzustellen, kann ich das halbwegs nachvollziehen. Ihm fehlen noch die Werte und Erfahrungen, um daran wachsen und sich entwickeln zu können. Dafür sind Eltern da, um dem Kind ein Vorbild und Verhaltensmuster mit auf den Weg zu geben. Aber sie war eine erwachsene Frau! Warum machte sie das? Bei mir hat dieses Vorbild dazu geführt, dass ich mich bemühe, alles, was ich erlebe, möglichst genau beschreiben und wortwörtlich wiedergeben zu können. Ich bin in meinem Freundeskreis für mein Gedächtnis gefürchtet. Und es hat mir auch beruflich einige nicht immer angenehme Situationen beschert, wenn ich das Konstrukt anderer entkräften konnte. Erst heute mit Mitte 30 werde ich langsam weicher, was diesen Wesenszug von mir angeht. Ich lerne langsam, dass ich nicht mehr 200-prozentig funktionieren muss. 99 Prozent reichen völlig aus.

Als der liebe Gott den einzelnen Menschen ihr persönliches Maß an Krankheiten zugeteilt hat, hat meine Mutter mindestens dreimal „Hier!" gebrüllt. Und wahrscheinlich noch hinzugefügt: „Bitte etwas recht Außergewöhnliches, damit die Ärzte nicht so schnell auf die Lösung kommen!" Um ehrlich zu sein: Ich habe irgendwann den Überblick über die Zusammenhänge verloren und was im Einzelnen alles war, denn es war sehr viel.

Es fing wahrscheinlich an, als ich sehr klein war, mit einem Syndrom, das den Körper veranlasst, zuviel Cortisol zu produzieren. Cortisol, den meisten als Schmerzmittel Kortison bekannt (das bei zu langanhaltender Einnahme Osteoporose fördert), lässt die Menschen innerhalb kürzester Zeit aufgedunsen und dick aussehen. Sie bekommen ein sogenanntes Mondgesicht, ein sehr typisches Symptom für dieses Syndrom. Meine Mutter hatte als junge Frau Kleidergröße 34. Dank dieses Syndroms wurde es dann, ich schätze mal innerhalb von drei bis fünf Jahren, Kleidergröße 48. Vielleicht auch mehr, das kann ich nicht sagen. Sie hat unter ihrer äußeren Erscheinung sehr gelitten. Vor allem, weil es sehr lange gedauert hat, bis die Ärzte die Ursache fanden. (Ihre Schwiegermutter förderte dieses Leid auch noch kräftig dadurch, dass sie meiner Mutter häufig und gerne mitteilte, dass sie dankbar sein sollte, dass mein Vater bei ihr geblieben wäre, jetzt, wo sie so dick geworden sei.) Richtig heilbar war diese Erkrankung aber nicht, wenn ich mich richtig erinnere.

Es ging dann weiter mit einer Milcheiweißallergie, die nicht diagnostiziert werden konnte, weil die Symptome nicht wirklich eindeutig waren, die aber inzwischen wohl deutlich besser geworden ist. Und führte dann irgendwann zu einer chronischen Lebererkrankung, die mindestens 12 Jahre nicht erkannt wurde. In dieser Zeit ist meine Mutter von Arzt zu Arzt gerannt, zwischendurch vermutete man einen Hirntumor, oder aber man sagte ihr direkt ins Gesicht, sie sollte endlich zugeben, Alkoholikerin zu sein. Denn diese Lebererkrankung hat genau dieselben Symptome wie Alkoholismus! Das heißt, meine Pubertät und Teenagerjahre waren dadurch geprägt, dass meine Mutter Wochen im Bett verbrachte, nicht ansprechbar war, wenn sie das Bett verließ, durch die Gegend torkelte, nach Aceton roch, ... Sprich: Sie nahm am normalen Leben nicht mehr teil. Ich hatte panische Angst, dass ihre Krankheit erblich sei und ich eines Tages genauso wie sie nicht mehr Herr über mich selbst wäre.

Es muss Anfang der 90er gewesen sein, als ein Arzt endlich die Ursache der klinischen Symptome erkannte und in die richtige Richtung arbeitete, unterstützt von einer sehr fähigen Heilpraktikerin, die die ganzen Zusammenhänge der gesammelten Krankheitsbilder herausarbeitete. Nur leider war es nicht so, dass meine Mutter glücklich gewesen wäre, dass es endlich einen Namen für die Krankheit gab. Dass sie nun daran gearbeitet hätte, gesund zu werden, um endlich wieder am Leben teilhaben zu können. Nein, es geschah etwas für mich sehr Faszinierendes: Meine Mutter hatte jetzt eine Entschuldigung für ihr Verhalten! „Das ist meine Krankheit! Ich kann das nicht ändern!" Sämtliche theoretischen Grundlagen, die ich während meines Studiums über Gesundheitspsychologie und Bewältigungsstrategien gelernt hatte, konnte ich bei meiner Mutter abhaken. Wie im Lehrbuch! Erst viele Jahre später kam dann auch endlich zum Vorschein, dass sich ihre Psyche von dem Kranksein unter anderem dadurch nicht erholen konnte, weil meine Mutter ihre Krankheiten brauchte, um einen Schutz gegen ihre Schwiegermutter zu haben. Obwohl sich ihre klinischen Befunde eindeutig verbessert hatten und ihr Allgemeinzustand sich auch langsam dem eines normalen Lebens annäherte, fiel es irgendwann auf, dass sich meine Mutter immer wieder in ihre Symptome flüchtete, wenn wir zu meiner Oma fahren wollten oder gerade wieder von dort kamen. (Mir und der Heilpraktikerin fiel das auf sowie meiner Omi und sicherlich einigen Freunden. Mein Vater war einfach nur sauer, dass seine Frau immer noch krank war und er alleine in den Urlaub fahren oder Ausstellungen besuchen musste. Und das gab er dann auch gerne lautstark von sich.) Es entwickelte sich dann so weit, dass sie bei dem geringsten Anlass, der ihr Druck bereitete (am Ende sogar gemeinsamer Urlaub mit meinem Vater), wieder in diese jahrelang erprobten Verhaltensweisen zurückfiel. Und sich dann trotzdem zwang und doch mit meinem Vater in den Urlaub fuhr, auch wenn sie gar keine Lust dazu hatte. Leider hat sie bis heute nicht erkannt, dass sie die Einzige ist, die diesen Teufelskreis durchbrechen kann.

Als es meiner Mutter gesundheitlich besser ging, da war ich dann schon Anfang 20, rückte die Problematik mit ihrer Schwiegermutter sehr deutlich in den Vordergrund. Das heißt, wenn ich bei ihr anrief, um ihr irgendetwas zu erzählen, was gerade bei mir passierte, merkte ich genau, dass ich und meine Probleme in ihrer Gedankenwelt eigentlich keinen Platz hatten. Alles, was ich erzählte, bezog sie innerhalb kürzester Zeit auf sich und ihre Situation. Irgendein Stichwort reichte, um bei ihr ein Erlebnis mit meiner Oma hervorzurufen, das sie mir dann lang und breit und ausführlich erzählen musste. Meistens hatte dieses Stichwort (meiner Meinung nach) mit ihrem Erlebnis dann gar nichts zu tun. Aber es war wie bei einer Schallplatte, bei der die Nadel wieder in die Rille zurückspringt. Immer und immer und immer wieder. Es gab Telefonate, da rief sie bei mir an, hielt mir einen eineinhalbstündigen Monolog, sagte dann: „Es war schön, Dich zu hören!", und legte auf. Und ich hatte kein einziges Wort gesagt! Ich fühlte mich absolut allein. Ich fragte mich, warum ich denn überhaupt noch anrief. Und irgendwann fragte ich mich auch, warum ich überhaupt noch zu meinen Eltern fuhr, denn auf einmal wurde ein anderes Muster deutlich sichtbar: Wenn ich nach Hause fuhr, war meine Mutter krank. Hatten wir auch zwei Tage vorher noch miteinander telefoniert, war es zu 95 Prozent wahrscheinlich, dass sie sich dann innerhalb dieser zwei Tage eine Erkältung oder ähnliches zuzog, was sie ans Bett fesselte. Und kam sie dann zwischendurch aus der Versenkung hervor, war es wie früher: Torkelnd, hängende Augen, triefende Nase, Acetongeruch. Es war deutlich sichtbar: Meine Tochter ist hier, die kümmert sich um alles, also kann ich die Verantwortung abgeben.

Allerdings gab sie auch irgendwann die Verantwortung für mich auf. Im letzten Jahr meines Kontaktes zu ihr (den Kontakt zu meinem Vater hatte ich inzwischen abgebrochen, sodass meine Besuche bei ihr immer sehr umständlich geplant werden mussten, wobei ich nicht sagen kann, ob mein Vater wusste, dass ich zu Besuch war) war sie noch nicht einmal mehr in der Lage, für mich einkaufen zu gehen, damit ich etwas im Kühlschrank vorfand. Nun war es schon jahrelang nicht mehr so, dass sie selbst beziehungsweise allein einkaufen ging, weil sie Angst hatte, sich unter Menschen zu begeben. Entweder fuhr sie zusammen mit meinem Vater zu einem Supermarkt, der etwas weiter entfernt war (wobei ich inzwischen glaube, dass sie es genoss, zum Einkaufen zu fahren, ohne zu registrieren, dass inzwischen sehr viele Menschen ihre Einkäufe mit dem Auto erledigen und es somit nichts Außergewöhnliches mehr war), oder ließ durch eine Bekannte die nötigsten Dinge besorgen, damit der Kühlschrank gefüllt war. Wenn ich kam, war wirklich nichts drin. Beziehungsweise das wenige, was darin war, mochte ich alles nicht. Das heißt, ich hatte nur zwei Möglichkeiten: Entweder kaufte ich meinen zwei-Tages-Bedarf selbst ein, um ihn dann mit nach Hause zu nehmen, oder ich ging extern essen. Die einfachere Lösung war, mich zu den Mahlzeiten mit Freunden zu verabreden, wofür sie mir dann wieder Geld gab. Sie selbst ist nie mitgekommen oder hat den Vorschlag gemacht, dass wir beide doch Essen gehen könnten. Denn, Sie werden es ahnen, sie war natürlich auch wieder zu krank, um mit mir gemeinsam etwas zu unternehmen.

So sarkastisch es klingt: Diese ganzen Jahre der Vorbereitung zahlen sich jetzt eindeutig aus. Ich hatte im Oktober 2005 das letzte Mal Kontakt mit meiner Mutter, und sie fehlt mir kein bisschen. Eigentlich bin ich eher erleichtert, dass es jetzt keine Telefonate mehr gibt, in und nach denen ich mich fragen muss, was sie denn eigentlich von mir wollte. Ich war der seelische Mülleimer, und das ist jetzt endlich vorbei.

Ich weiß, dass das alles sehr hart klingt. Ich weiß auch, dass Kinder, deren Eltern Alkoholiker sind, von der Umgebung zuerst einmal mit Unverständnis konfrontiert werden, wie sie so hart und ablehnend den Eltern gegenüber reagieren können. Auch ich habe dieses Unverständnis zu spüren bekommen. Es ist ein Schutzschild! Anders könnten die Kinder die Situation nicht ertragen, sonst würden sie sich selbst die Schuld dafür geben. Es war einfach so, dass meine Mutter dadurch, dass sie so lange mit sich selbst beschäftigt war, irgendwann den Kontakt zu mir verlor. Und es interessierte sie auch nicht mehr, was in meinem Leben passierte. Erst ging es darum, ihre Krankheiten zu bewältigen, dann darum, den Bruch mit ihrer Schwiegermutter zu bewerkstelligen und meinem Vater gegenüber durchzuhalten, der das Ganze für ziemlich albern hielt.

Es gibt eine prägnante Szene in meinem Leben, ich war wahrscheinlich 15 Jahre alt, da habe ich plötzlich verstanden, dass meine Mutter nicht für mich da ist (da sein kann oder da sein will). Sie lag im Bett, nur mittelmäßig ansprechbar, und verhörte mich regelrecht, warum ich weggehen wollte, mit wem … Und auf jede Antwort meinerseits folgte ein: „Und dann?" Meine Omi, ihre Mutter, hatte das einmal mitbekommen, und sich dann irgendwann eingemischt: „Luise, nun hör endlich auf, du verhörst das Kind ja wie bei der Polizei! Sie hat dir doch auf jede deiner Fragen eine Antwort gegeben, was soll sie denn noch sagen?!" Und am nächsten Tag wusste meine Mutter nichts mehr! Nicht, dass wir miteinander gesprochen hatten; nicht, dass ich ausgegangen war; nicht, mit wem. Gar nichts! Ich war völlig schockiert. Und lernte dann an ihrer Stimme und der Art und Weise zu sprechen, wann sie wieder abdriftete, wann sie eigentlich nichts mehr von der Unterhaltung mitbekam. Und lernte aggressiv zu werden, um dieses ewige „und dann?", abzustellen. Aggressivität war das einzige, was zu ihr durchdrang.

Leider hat es sie in diesem Zustand auch nicht gestört, wie sie vor anderen aufgetreten ist. Um genauer zu sein: Wie sie vor meinen Freunden aufgetreten ist. Für ihre Generation sicherlich verständlich und nachvollziehbar, hat sie sich immer, wenn Besuch oder Fremde kamen, einen Bademantel übergezogen, weil man sich ja nicht in Nachtwäsche zeigt. Wenn sie gut drauf, also als einigermaßen als gesund zu bezeichnen war, wurde der Bademantel auch übergezogen, wenn ich Besuch hatte. Wenn sie neben sich stand, allerdings nicht mehr. (Wären in diesem Moment ihre Freunde zu Besuch gekommen, wäre sie in ihrem Zimmer geblieben und nicht aufgetaucht.) Ich habe es einmal erlebt, als ich mit meinem Freund und zwei weiteren Freunden einen Urlaub plante und wir im Esszimmer über der Landkarte grübelten, dass meine Mutter durch die Gegend torkelte, sich an jedem Schrank stieß, nicht wirklich nette Äußerungen über meine Freunde von sich gab, und laut durch die Wohnung nach mir brüllte, weil sie mir dringend irgendetwas sagen musste. Und sie verlangte nicht nur einmal nach mir. Wenn ich dann bei ihr im Zimmer stand, wusste sie nicht mehr, weshalb sie gerufen hatte. Um es dann zwei Minuten später wieder zu tun. Ich war 19 Jahre alt, und mir war das alles unsagbar peinlich.

Bei mir hat das im Laufe der Zeit dazu geführt, dass ich mir ein Höchstmaß an Selbstkontrolle auferlegt habe. Ich will und muss in jeder Situation einschätzen können, wie ich mich verhalte und wie es auf andere wirkt. Alkohol trinke ich zum Beispiel nur im Beisammensein mit sehr, sehr guten Freunden. Und dann reden wir auch nur von einem Glas Wein, allerhöchstens zwei! Es darf auf keinen Fall passieren, dass ich die Situation nicht mehr einschätzen kann. Diese Selbstkontrolle geht leider auch in sehr private Bereiche hinein, und ich leide darunter. Selbst bei meinem Mann achte ich darauf, wie ich mich gebe. Kennen Sie die Cartoons, in denen die Frau während des Sex denkt: Die Decke müsste mal wieder gestrichen werden!? Ganz so schlimm ist es bei mir nicht, ich schlafe schon gerne mit meinem Mann. Die Zeiten, dass ich Sex mit einem Mann hatte, obwohl ich keine Lust dazu hatte, sind eindeutig vorbei. Auch ich lerne dazu! Aber ich empfinde nicht wirklich viel dabei. Sex ist schon schön, es macht mir Spaß. Aber es ist halt Sport. Ich kriege alles mit, was um mich herum passiert. Ich kann Ihnen hinterher erzählen, welcher Film gerade im Fernsehen lief und welche Handlung er hatte. Ich hatte noch nie einen Orgasmus. Um ehrlich zu sein: Ich habe auch Angst davor, einen zu bekommen. Weil ich nicht einschätzen kann, wie ich mich dann verhalte. Weil ich nicht weiß, was dann mit mir passiert. Ich bemühe mich, es meinem Mann so angenehm wie möglich zu machen. Heute, nachdem meine Therapie abgeschlossen ist, weiß ich, dass ich mir meinen Mann auch genau deshalb ausgesucht habe: Er lässt mich in Frieden! Wir unterstützen uns gegenseitig in unserem Leben, aber er erwartet nichts von mir. Er versucht nicht, meine Grenzen zu durchbrechen.

Die Beziehung meiner Eltern

Seitdem mein Mann und ich versuchen, unser eigenes Leben aufzubauen, unsere eigenen Werte umzusetzen, erkenne ich immer klarer, dass mir von meinen Eltern eine falsche Idylle vorgelebt wurde. Ich verstehe inzwischen, warum ich mit dem Gefühl Liebe ein so großes Problem habe, warum ich Angst davor habe, es zu empfinden. Liebe ist bei mir gleichgesetzt mit Erwartung: Ich liebe dich nur dann, wenn du dich so verhältst, wie ich es will. Ich kann nicht sagen, ob sich meine Eltern am Anfang ihrer Beziehung auch so verhalten haben. Ich weiß aber, dass ich mit 30, als ich die letzte große Auseinandersetzung mit meinem Vater hatte, nicht nachvollziehen konnte, warum meine Mutter von mir erwartete, alles stillschweigend über mich ergehen zu lassen.

Ich denke, meine Eltern haben im Laufe der Zeit ein Abkommen geschlossen, über das auch nie gesprochen wurde, wenn es ihnen denn überhaupt bewusst war. Meine Mutter war krank, ihr Aussehen veränderte sich negativ, und mein Vater hielt zu ihr. Er unterstützte sie in ihrer Krankheit, fuhr mit ihr wenn nötig durch das Bundesgebiet zu Spezialisten, regte einen Prozess gegen die Krankenkasse an, als diese sich weigerte, die hohen Heilpraktikerrechnungen weiter zu bezahlen … Als Gegenleistung für die wenig gemeinsame Freizeit versuchte meine Mutter, ihm ein angenehmes Leben zu bieten, hielt ihm dem Rücken frei, bereitete gerne Büffets vor, da mein Vater gerne Gäste um sich hatte, und stellte keine Ansprüche an ihn. Zum Beispiel befürwortete sie es deutlich, dass er alleine in den Urlaub fuhr (zum Beispiel vier Wochen mit einem Freund nach Neuseeland), was in ihrem Freundeskreis auf wenig Verständnis stieß. Mein Vater erhoffte sich natürlich im Laufe der Zeit, dass seine Bemühungen irgendwann dazu führten, dass meine Mutter an seinem Leben wieder teilhaben würde. Dass sie gemeinsam Zeit verbringen konnten. Ich denke, meine Mutter wusste eigentlich schon, dass dies sein Wunsch war. Und eigentlich war es auch ihr Wunsch. Jedenfalls betonte sie es sehr gerne sehr häufig, dass sie es leid sei, nichts mit ihm gemeinsam unternehmen zu können. Aber aus irgendeinem Grund erfüllte sich dieser Wunsch nicht.

Kurz vor Weihnachten 2001, leider weiß ich nicht mehr, aus welchem Grund ich meine Eltern besucht habe, kam es zu einem Gespräch zwischen meinem Vater und mir über meine Mutter. Nach langen, langen Jahren, in denen die Ärzte nicht erkannt hatten, was meiner Mutter eigentlich fehlte, sie häufig fehldiagnostiziert und -therapiert wurde, war es wohl zum allerersten Mal so, dass ihre klinischen Werte absolut im Normbereich waren. Im oberen Normbereich zwar, aber immerhin als normal zu betrachten. Zu dem Zeitpunkt, als ich da war, war es wieder einmal so, dass meine Mutter nicht ansprechbar war, mit all den Verhaltensweisen, die mir als Teenager größte Angst eingejagt hatten und mich verzweifelt hoffen ließen, dass ihre Krankheit nicht erblich sei und ich nicht auch eines Tages so durch die Gegend torkeln würde. Und zum ersten

Mal kam mir der Verdacht, dass meine Mutter, wenn sie wusste, dass ich kam, sich in ihre Verhaltensweisen fallen ließ, nach dem Motto: „Meine Tochter kommt, die kümmert sich um alles, also muss ich nicht anwesend sein". Es kam also zu einem Gespräch mit meinem Vater, in dem er mich auch fragte, ob ich meine Mutter jemals gesund erlebt habe. Und auf einmal sagte er: „Deine Mutter ist gesund! Ihre Werte sind in Ordnung! Sie ist absolut gesund, sie will es nur nicht wahrhaben! Und ich habe keine Lust mehr, mir jeden Tag dieses Elend mit anzusehen. Sie soll endlich nach oben ins Gästezimmer ziehen, damit ich das nicht jeden Tag vor Augen habe!" Ich war doch etwas sprachlos, dachte an „bis dass der Tod uns scheidet", und überlegte, als was mein Vater meine Mutter eigentlich ansah. Und versuchte ihm zu erklären, inwieweit lange Krankheiten auch die Psyche beeinflussen. Auch wenn sie gesund sein mochte, könne der Kopf so schnell jahrelang gut funktionierende Verhaltensweisen nicht von heute auf morgen abstellen.

Ein Spruch, den meine Mutter mir in meiner Kindheit gerne um die Ohren geknallt hat, wenn ich mich ihrer Meinung nach nicht genügend angestrengt hatte, war: „Ich kann nicht, heißt, ich will nicht!" Ich bin dazu erzogen worden, dass Jammern mich nicht weiterbringt. Dass mir niemand außer mir selbst hilft. Somit billige ich ihr Verhalten, dieses sich Fallenlassen und erwarten, dass alle Rücksicht auf sie nehmen, nicht. Nichtsdestotrotz habe ich mich bemüht, wenn es ihr gut ging und sie stolz auf etwas war, sie darin zu bestärken, damit sie sich grundsätzlich mehr zutraute. Mein Vater hingegen verstand nicht, was ich meinte. Ich fragte ihn, was er dafür tun würde, damit es meiner Mutter besser ginge. Wie, was hätte er denn damit zu tun? Sie sei doch krank! Er hätte einfach keine Lust mehr darauf, alles allein machen zu müssen, sie dauernd entschuldigen zu müssen, das müsste jetzt endlich aufhören. Sie hätte an seinem Leben gar nicht mehr Teil, also könnte sie auch ins Gästezimmer ziehen, dann würde man sie wenigstens auch nicht mehr sehen. Also versuchte ich meinem Vater irgendwie beizubringen, dass er auch einen großen Anteil am Gesundwerden seiner Frau hätte, positive Bestärkung, ...

Nur ein kleines Beispiel für die Denkweise meines Vaters: An dem Tag, an dem dieses Gespräch stattfand, hatte ich für meinen Vater das Bett zurechtgemacht. Er war es gewohnt, dass meine Mutter tagsüber immer sein Bett in das Schlafsofa zurückversetzte (meine Eltern hatten schon immer getrennte Zimmer), also habe ich das in den Tagen übernommen, da meine Mutter krank war. Er bemerkte es auch, denn meine Mutter lag ja flach, somit musste ich also die Person gewesen sein, und er bedankte sich dafür. Als ich ihn dann fragte, Stichwort positive Bestärkung, wann er sich denn das letzte Mal bei meiner Mutter dafür bedankt hatte, war die Antwort: „Wieso bedanken? Das ist doch selbstverständlich, dass sie mir das Bett macht!"

Ich habe meiner Mutter einige Zeit später, als sie psychisch deutlich stabiler war, von diesem Gespräch erzählt. Sie zuckte dazu nur mit den Schultern. Was solle sie dazu sagen, so sei es nun mal. (Ich hoffe, dass mein Mann niemals so über mich spricht, und wenn, dass ich es niemals erfahren werde. Ich kann mir nur sehr wenige Gründe vorstellen, weshalb ich mich eventuell von meinem Mann trennen könnte, aber dies ist definitiv einer davon!) Ich habe mich dann hingesetzt und für meine Eltern ein Tagebuch vorbereitet, für jeden eins, in dem sie jede Woche reflektieren sollten: Wie geht es mir heute? Wie geht es meinem Partner heute? Was habe ich diese Woche für meinen Partner getan? Die Heilpraktikerin meiner Mutter, die ich um Rat fragte, war sehr begeistert von dieser Idee, und davon, wie sehr mir meine Eltern doch am Herzen liegen würden, dass ich mir diese Mühe machte. Das gab ich dann meinen Eltern, wobei die Reaktion meines Vaters deutlich erkennen ließ, was er davon hielt. Er hat es vielleicht ein halbes Jahr durchgehalten, wenn überhaupt so lange. Meine Mutter hingegen war absolut begeistert davon. Sie sagte mir das auch häufiger das Jahr über, wie sehr es ihr helfen würde, über sich nachdenken zu müssen und den Fortschritt selbst auch beobachten zu können.

Im Januar 2002 hatte meine Mutter einen Nervenzusammenbruch. Ich war in der Situation nicht dabei, ich hatte sie hinterher nur kurz am Telefon. Ich weiß nicht mehr, was der genaue Auslöser beziehungsweise der genaue Wortlaut meiner Oma war. Auf alle Fälle war jetzt nach fast 35 Jahren Getrieze und herablassender Bemerkungen meiner Oma das Fass endlich übergelaufen. Und es war auch endlich bei meinem Vater übergelaufen: Es war das erste Mal, dass er bewusst zur Kenntnis nahm, wie kalt seine Mutter seine Frau behandelte. (Bis zu diesem Zeitpunkt hatte er sich immer über meine Mutter lustig gemacht, wenn sie ihm von den Erlebnissen mit meiner Oma erzählte. Meine Oma wäre halt alt, sie würde das alles nicht so meinen, meine Mutter würde zuviel in diese Bemerkungen hineininterpretieren. Meine Großmutter ist zwar eine biestige, aber pfiffige Person: Sie hat sich nie in Gegenwart meines Vaters negativ über meine Mutter geäußert beziehungsweise die Spitzen so weit gemildert, dass sie nicht wirklich auffielen. Wobei es aber auch sein kann, dass mein Vater die Spitzen überhaupt nicht gehört hat, weil er sie selbst gewohnt ist beziehungsweise sie auch selber gerne verteilt.) Leider hat meine Mutter in dem Moment das absolut Falsche entschieden: Mein Vater bot ihr an, sie sofort aus dem Haus meiner Oma wegzubringen, sie sozusagen aus der Gefahrenzone zu holen. Aber sie lehnte ab und hielt noch das Abendessen durch, bis sie dann (wahrscheinlich) eine Stunde später ins Hotel fuhren. Dort ist sie zusammengebrochen. Unter anderem sperrte sie meinen Vater aus dem Zimmer aus, sodass er sich ein eigenes Zimmer nehmen musste. (Er machte sich zwar Sorgen um sie, auch mit ihm hatte ich kurz telefoniert. Aber er verstand nicht wirklich, was da gerade passierte.) Sie war aber immer noch nicht bereit in Therapie zu gehen.

Kurz danach war sie es dann, vielleicht zwei oder drei Wochen später. Sie wollte eigentlich mit meinem Vater und seiner

Wandergruppe für zwei Wochen nach Mallorca fliegen. Aber sie war psychisch immer noch so fertig, dass sie sich wieder im Bett verkroch. Woraufhin mein Vater sich von ihr verabschiedete: Wenn er wiederkäme und sie wäre immer noch so drauf wie jetzt, würde er ausziehen! Dieses erzählte mir meine Mutter und kommentierte es dann: „Dann soll er doch ausziehen!" Die ganze Mühe mit den Tagebüchern umsonst??! Ich rief eine Freundin meiner Eltern an, Psychologin, sie möge bitte unter einem Vorwand bei meiner Mutter anrufen. Wenn sie einer in Therapie kriegen würde, dann diese Freundin, und jetzt wäre wahrscheinlich der günstigste Zeitpunkt es anzusprechen. Eine Woche später hatte meine Mutter ihre erste Sitzung. Danach rief sie mich an und fragte mich zum allerersten Mal seit ich weiß nicht mehr wie vielen Jahren: „Wie geht es Dir?" Und es hat sie wirklich interessiert! Als mein Vater dann aus dem Urlaub kam, ging es weiter wie immer: Kein Gespräch zwischen meinen Eltern, keine Anerkennung, dass sie sich endlich helfen ließ, … Auch war er kein einziges Mal in einer Therapiesitzung dabei. Das war ja nur Gelaber, und schließlich hatte meine Mutter das Problem und nicht er, warum sollte er also da hingehen?!

Die Therapie hat ihr viel gebracht. Es war sehr schön zu beobachten, wie meine Mutter wieder anfing ihr Leben aufzunehmen, einen eigenen Freundeskreis aufzubauen, eigene Interessen wahrzunehmen, die sie auch gegen meinen Vater vertreten konnte. Womit er wiederum nicht klarkam. Er wünschte sich zwar seit Jahren, dass seine Frau wieder die aktive Partnerin wurde, die er geheiratet hatte. Aber dass meine Mutter auf einmal eine eigene Meinung hatte, eine andere als seine, und auch nicht gewillt war, ihm um jeden Preis Recht zu geben, gefiel ihm dann auch wieder nicht. Im Prozess, der im Moment allerdings stattfindet, also meine Trennung von meinem Vater, ist sie wieder nicht daran interessiert, sich therapeutische Hilfe zu holen. Die Therapeutin könne ihr ja eh nicht helfen. Anfang 2005 hatte sie viele gute Denkansätze in sich. Man merkte ihr deutlich an, dass es in ihr rumort, was sie auch bestätigte. (Unter anderem hatte ihr mein Vater nach einem Streit gesagt, sie könne ja ausziehen, wenn ihr ihr Zusammenleben nicht passe. Daraufhin hatte sie ihn daran erinnert, wem das Haus gehöre, in dem auch er wohne, und wer dann ausziehen müsse. Diese Erkenntnis hatte ihm nicht so gut gefallen.) Eigentlich wollte sie im Sommer, wenn mein Vater wieder mit seiner Wandergruppe wochenlang unterwegs sein wollte, selbst auch Urlaub machen. Sie hatte sich sogar darauf gefreut. Aber sie hatte auch Angst davor, was in dieser Zeit allein in einer fremden Umgebung bei ihr hochkommen könnte. Und kurz vor dem Urlaub relativ fadenscheinige Entschuldigungen gefunden, weshalb sie dann doch nicht fahren konnte.

Anfang Oktober 2005 hatte ich den bisher letzten Kontakt zu ihr. Sie fragte, wann ich sie denn wieder einmal besuchen kommen würde, sie würde mich so stark vermissen. Ich schlug ihr daraufhin vor, dass sie ja auch gerne zu mir kommen könnte. Schließlich führe eine gemeinsame Bekannte relativ häufig nach Darmstadt, um das Enkelkind zu sehen. Sie müsse sich also nur ins Auto setzen und würde direkt bei mir abgeliefert werden. Nein, das sei ihr zu anstrengend! Dazu wäre sie zu schwach, sie hätte ja so Probleme mit ihrem Darm, das ginge wirklich nicht. Soll ich jetzt wirklich aufzählen, welche Reisen meine Mutter 2005 mit meinem Vater unternommen hat? Die gingen eindeutig ins Ausland! Danach verschärfte sich der Ton meines Anwalts meinem Vater gegenüber, sodass sich meine Mutter wochenlang nicht mehr bei mir meldete. (Zu diesem Zeitpunkt hatte ich bereits herausgefunden, dass mir Geld gehörte, das aber auf irgendwelchen Konten meines Vaters verschwunden war, sodass ich einen Anwalt einschalten musste, um von meinem Vater Informationen darüber zu bekommen.) Daraus schloss ich, dass sie heftige Debatten mit meinem Vater haben musste, wie ich es wagen konnte, mir juristischen Beistand zu nehmen. Ich würde mich nicht wundern, wenn mein Vater ihr vorgeworfen hat, dass sie mich falsch erzogen hätte. (Ich denke, im Laufe der Jahre, in denen mein Vater über ihren Zustand immer ungehaltener wurde, überwog bei ihr langsam ihre Angst vor seinen Launen. Sie hatte sich selbst einmal, als ich wegen eines Schulfestes in der Stadt war, nicht getraut, sich mit mir zu verabreden geschweige denn anzurufen, obwohl sie wusste, dass ich da war. Die Gefahr, dass mein Vater ihr hinterher gefahren wäre, um herauszufinden mit wem sie sich verabredete, war in jedem Fall gegeben.) Nach sechs Wochen schickte sie mir passend zum Nikolaus ein Päckchen, dessen Annahme ich verweigert habe. Mein Mann und ich hatten vorher schon beschlossen, dass es die einzig richtige Entscheidung war. Ich würde niemals Abstand zu meinem Vater bekommen, wenn ich es unterstützte, dass sich meine Mutter mit der Situation arrangierte und weiterhin nach seinen Wünschen lebte. Und jetzt zahlen sich auch die Jahre aus, als sie mit sich selbst beschäftigt war und kein Interesse an meinem Leben hatte: Ich nehme zwar zur Kenntnis, dass ich keinen Kontakt zu ihr habe, aber wirklich belasten tut es mich nicht. Es ist ihr Leben und sie hat jede Chance, ihre Situation zu ändern, wenn sie nur will. Somit liegt es nicht in meiner Verantwortung und ist auch nicht mehr mein Problem. Es war noch nie mein Problem, aber jetzt weiß ich es endlich!

Die Macht des Vornamens

Ich bin 1974 geboren. Ich bin das Resultat eines Versöhnungsversuches meiner Eltern, nachdem meine Mutter ernsthaft darüber nachdachte die Scheidung einzureichen, da sie das Einmischen ihrer Schwiegereltern in ihr Leben nicht mehr aushielt. Nach Knaus-Ogino hätte ich gar nicht entstehen dürfen. Aber ich bin ein absolutes Wunschkind, die dritte von vier Schwangerschaften, und die einzige, die ein lebendes und vor allem gesundes Kind hervorbrachte. 1988 stellte sich heraus, dass der Uterus meiner Mutter auf dem Entwicklungsstand einer Achtjährigen war, sodass es schon ein Wunder war, dass sie überhaupt ein lebensfähiges Kind auf die Welt gebracht hatte. Aus diesem Grund bekam ich zwei Vornamen, die beide mit H beginnen: Der erste bedeutet „die Kämpferin", der zweite „die Gesunde". Da mein Mädchenname auch mit H beginnt und ein Allerweltsname ist, sollte das Kind wenigstens einen ausgefallenen Vornamen haben, und ich bin dazu erzogen worden beide Namen zu nennen, wenn ich mich zum Beispiel am Telefon meldete. Das habe ich erst in der 7. Klasse abgelegt. Kinder in der Schule, mit denen ich mich nicht gut verstand, haben sich gerne über die drei Hs lustig gemacht, dass ich doch so ein lustiger Mensch sei, ha, ha, ha. Oder, wenn sie mich noch weniger mochten, hieß es dann: „Frau Doppel-Doktor", da meine Eltern beide einen Doktortitel haben. Meinen Rufnamen fing ich erst mit Mitte 20 an zu akzeptieren, als mir eine Freundin sagte: „Ein ungewöhnlicher Name für eine ungewöhnliche Frau." Und seit meiner Heirat, als ich mir einen neuen Nachnamen zulegte, mag ich ihn richtig gerne. Der Familienname meines Mannes stammt zwar nicht aus Norddeutschland, sondern aus einer Region im Ruhrgebiet, aber für ungeübte Ohren klingt er norddeutsch. Viele Menschen sprechen mich darauf an, dass ich mit der Namenskonstellation doch sicherlich aus dem Norden kommen müsste. Die „Kämpferin" jedenfalls kam ein paar Mal in meinem Leben durch; da habe ich die Macht, die dahinter steht, ganz deutlich gespürt und gewusst, dass ich es schaffe. Somit muss sich mein Vater jetzt eigentlich auch nicht wundern, dass er Probleme mit mir hat, schließlich hat er mir selbst diesen Namen gegeben.

Meine Kindheit und Teenagerjahre

Wenn ich heute zurückdenke, muss ich sagen, dass ich eine wirklich schöne Kindheit hatte. Ich kann mich eigentlich an nichts aussagekräftiges Negatives erinnern, was mein Leben in irgendeiner Art und Weise beeinträchtigt hat. Meine Mutter war zwar viel krank und musste viele Krankenhausaufenthalte über sich ergehen lassen, sodass ich früh im Haushalt mithelfen musste. Aber in meiner Erinnerung war sie immer da. Es ist nicht so, dass ich mich an längere Phasen ihrer Abwesenheit erinnern kann, obwohl es sie eindeutig gab.

Als ich noch sehr klein war, müssen meine Eltern viel mit mir gespielt haben, vor allem Brettspiele. Ich kann mich daran zwar nicht mehr bewusst erinnern, aber wenn ich heute vor dem Brettspielregal im Geschäft stehe und Spiele von früher entdecke, weiß ich, dass ich dieses oder jenes Spiel besonders geliebt habe. Ebenso ist es mit bestimmten Büchern, die ich mir inzwischen nachkaufe. Aus irgendeinem Grund ist mir aus dieser Zeit noch mein 5. Geburtstag in Erinnerung geblieben, da sind wir in den Allwetterzoo Münster gefahren. Ich weiß nicht, warum ich gerade diesen Geburtstag so deutlich abgespeichert habe. Ich hatte sicherlich viele schöne Kindergeburtstage, es gibt Fotos davon. Meine Mutter hat sich immer eine wahnsinnige Mühe gegeben: Wir haben zusammen Tischkarten gebastelt, die Geburtstage hatten ein bestimmtes Motto, einmal war es Sarah Kay, ein anderes Mal Marienkäfer, ... Ich erinnere mich an eine Schnur, die quer durch den Raum gespannt wurde, an der Würstchen und Salzbrezeln hingen, und wir Kinder mussten auf unseren Zehenspitzen versuchen, die Sachen mit dem Mund zu angeln. Aber ich kann diesen ganzen Erlebnissen keine Jahreszahl zuordnen. Der nächste Geburtstag, von dem ich das Jahr weiß, war mein 18. Geburtstag. Ich habe ganz bewusst einen Kindergeburtstag gefeiert, mit Gewürze raten und vielen anderen Spielen, die ich heute leider nicht mehr weiß. Für die Gewinner gab es Preise, halt wie auf einem richtigen Kindergeburtstag. Wir hatten wirklich viel Spaß. Aber der 5. Geburtstag muss für mich etwas ganz Besonderes gewesen sein. Und heute, in diesem Prozess des Nachdenkens und Aufschreibens, wird mir auch langsam klar, weshalb ich eventuell gerade diesen Geburtstag so deutlich vor mir sehe: Es war einer der ganz wenigen Momente in meiner Vergangenheit beziehungsweise Kindheit, in dem mein Vater an einem speziellen Ausflug mitgemacht hat, der nur für mich veranstaltet wurde. Bei dem ich die Hauptperson war. Ich habe überlegt, was früher in meiner Familie am Wochenende gemacht wurde. Ich sehe heute meine Freunde mit ihren zum Teil noch sehr kleinen Kindern, die sich für das Wochenende bewusst etwas Besonderes vornehmen, das den Kindern Spaß macht. Da sie während der Woche wenig von den Eltern haben, sollen sie am Wochenende das Gefühl haben, dass sowohl Papa als auch Mama für sie Zeit haben. Wir sind früher am Wochenende gewandert, DAS Hobby meines Vaters! Ich habe vier Wanderurkunden bei meinen Eltern hängen, die Älteste aus dem Jahr 1980, da war ich sechs Jahre alt. Später, da war ich schon ein Teenager, hat dann dieses Hobby auch unsere Urlaube deutlich beeinflusst, Wanderurlaub, möglichst in England. Das war schon okay, so ist das nicht. Mein Englisch hat darunter keinesfalls gelitten, ich hatte auch Spaß. Aber wenn ich heute darüber nachdenke, wie sehr die Interessen meines Vaters damals schon unser Familienleben beeinflusst haben ...

Aus dieser sehr frühen Kindheit habe ich auch zwei sehr positive Erinnerungen an meinen Vater. In diesem Prozess des Lösens und sich Bewusstwerdens, wie viel Einfluss mein Vater auf mein Leben hatte, habe ich bewusst nach positiven Erinnerungen gesucht. Es konnte doch nicht sein, dass alles negativ war. Die beiden Dinge, die mir als außerordentlich positiv eingefallen sind, sind passiert, als ich circa vier Jahre alt gewesen sein muss. Das eine waren die Unterlagen des Kinderverkehrsclubs, die wahrscheinlich einmal im Monat kamen und die mein Vater mit mir zusammen durcharbeitete. Ich glaube nicht, dass ich jemals mit meiner Mutter Kinderverkehrsclub gemacht habe. Kinderverkehrsclub war toll! Das andere ist eine sehr verschwommene Erinnerung an Spaziergänge durch eine Allee an einem Fluss entlang, durch eine kleine Straße durch, an deren Ende ein Eissalon war, wo ich immer ein Eis bekam. Irgendwann hörten diese Spaziergänge auf, wobei ich mich vage daran erinnere, dass ich noch ein paar Mal danach gefragt habe, wann wir endlich wieder zum Eisladen gehen.

Mit circa zwölf Jahren stellte ich dann fest, dass es kein Traum war, sondern dass es diese Allee, diese kleine Straße und vor allem diesen Eissalon wirklich gab, denn sie wurden Teil meines Schulwegs, als ich zum Gymnasium wechselte. Aber danach? Es gibt nichts mehr, was ich als so bedingungslos positiv mit meinem Vater in Verbindung bringe.

Die ersten Unstimmigkeiten zwischen ihm und mir müssen begonnen haben, als ich in die Pubertät kam, mit 13/14 Jahren. So im Nachhinein würde ich sagen, dass zu diesem Zeitpunkt auch die Krankheitssymptome meiner Mutter deutlich sichtbar wurden und begannen, unser Leben zu beeinträchtigen. Das erste Ereignis, das mir dazu einfällt, war eigentlich relativ harmlos und muss circa 1988 gewesen sein: Ich kam mit Verbrennungen zweiten Grades an Schultern, Händen und Ohren von einer Ruderwanderfahrt zurück, woraufhin mir unser Hausarzt eine Sonnencreme mit LSF 17 verschrieb, die man damals nur in der Apotheke auf Rezept bekam. (Heutzutage kaum noch vorstellbar!) Mein Vater hat mich ausgelacht. Dass ich mich verpimpern würde, dass LSF 6 völlig ausreichend wäre, bei ihm würde LSF 4 reichen. Ich müsste halt einfach häufiger in die Sonne gehen, dann hätte ich auch keine Probleme mehr. Unser Arzt hat ihm dann etwas von verschiedenen Hauttypen und Reflexion auf dem Wasser erzählt, aber eigentlich war mein Vater nach wie vor der Ansicht, dass ich verweichlicht wäre.

Eine weitere völlig normale, häufig wiederkehrende Auseinandersetzung hatte ich mit ihm bezüglich der Wäsche: Wenn ich Wäsche gewaschen habe, wusch ich für alle drei Teilnehmer meiner Familie, und bügelte auch für alle drei. Wenn mein Vater Wäsche wusch, weil meine Mutter mal wieder krank war und nicht konnte, wusch er nur für sich und meine Mutter. Und bügelte auch nur für sich und meine Mutter. Und wenn ich Wäsche von mir dazu tat, wurde ich darauf hingewiesen, dass er dafür nicht zuständig sei. Aber glauben Sie bitte nicht, dass ich nicht auch häufig genug versucht hätte, den Spieß umzudrehen und seine Wäsche liegen zu lassen! Den dazugehörigen Wortlaut weiß ich leider nicht mehr, aber es war relativ klar, was meine Rolle als Tochter und als weibliches Wesen in diesem Haushalt zu sein hatte.

Jahre später, als ich bereits nicht mehr bei meinen Eltern wohnte, hatte diese grundsätzliche Unterteilung der Zuständigkeiten für die Wäsche noch einen weiteren Höhepunkt: Meine Mutter hatte ein paar Teile von mir bei sich behalten, als ich mal wieder für ein paar Tage zu Besuch nach Hause gekommen war. Sie wollte sie mitwaschen, um die eigene Maschine voll zu machen, und sie mir dann schicken. Da sie mir eh sehr viele Päckchen schickte, machte das nicht wirklich einen Unterschied aus. Nun gut, mein Vater hat sich jedenfalls sehr aufgeregt, dass meine Mutter mir das abnahm und er dafür an Wasser, Waschmittel und Strom aufkommen musste. Schließlich hätte ich doch meine eigene Waschmaschine!

Der Startschuss für mich auf dem Weg nach unten ist allerdings eine Situation, die mir erst heute in ihrer Unfassbarkeit wirklich bewusst wird. Ich war 19 Jahre alt, war gerade gut vier Wochen mit der Schule fertig und hatte ein Pflegepraktikum in einem Kinderkrankenhaus begonnen. Das Pflegepraktikum war zwar keine Grundvoraussetzung für meine bevorstehende Ausbildung als Krankengymnastin, aber meine Eltern und ich stimmten darin überein, dass es sinnvoll wäre, es zu machen, auch um festzustellen, ob mir eine Pflegeausbildung eventuell besser gefallen würde. Ich war vielleicht drei Tage in dieser Klinik, da wurde auf meiner Station ein gut zweijähriges Mädchen eingeliefert, das deutliche Spuren von Misshandlung aufwies. Sehr deutliche Spuren. Ich war völlig überfordert, wusste absolut nicht, wie ich mich verhalten sollte. Die Schwester, der ich zugeteilt war, äußerte selbst auch, dass das Verhalten des Kindes, der Mutter, die Hinweise an dem Kind doch recht merkwürdig seien. Ich erzählte meinen Eltern davon und danach noch einer Freundin meiner Eltern, die ehrenamtlich beim Kinderschutzbund arbeitete. Sie setzte sich mit einem Oberarzt der Klinik in Verbindung, er sollte doch bitte nach dem Kind sehen. Dieses tat er, und auf einmal wussten alle, dass er wohl von mir den Tipp bekommen haben musste. Noch einen Tag später wurde das Praktikum durch die Pflegedienstleitung mit der Begründung beendet, dass ich die Schweigepflicht verletzt hätte. Die Station hätte mich gerne behalten. Und auch der Oberarzt, der sich im Nachhinein schriftlich bei meinen Eltern entschuldigte, zeigte sich deutlich erstaunt darüber, mit welcher Energie die Klinikleitung versuchte, diesen Fall unter den Teppich zu kehren. Ich für meinen Teil wartete die folgenden zwei Jahre innerlich darauf, dass in den Medien bekannt gemacht wurde, dass besagtes Kind an den Folgen der Misshandlung gestorben sei. Ich wäre gerne zur Polizei gegangen und hätte ausgesagt. Jedenfalls kam es ein oder zwei Tage nach Beendigung des Praktikums noch zu einem Gespräch mit dem Chefarzt, da ich der festen Überzeugung war, die Schweigepflicht nicht verletzt zu haben, und mein Vater das geklärt haben wollte, da dann somit der Grund für den Rausschmiss ja nicht mehr begründet gewesen wäre. Ich weiß von diesem Gespräch eigentlich gar nichts mehr außer, dass mir bestätigt wurde, dass ich die Schweigepflicht nicht verletzt hatte. Und dass ich irgendwann gar nichts mehr sagen konnte, weil ich in Grund und Boden geschrien wurde. Wie ich es wagen könnte, so etwas zu behaupten; dass es sich um eine sehr liebevolle Familie handeln würde; dass das Kind sich selbst auf dem Rücken gekratzt hätte (ein zweijähriges Kind, das sich zum Teil an beiden Händen das erste Fingerglied abgekaut hatte, soll sich selbst auf dem Rücken zehn Zentimeter lange Striemen verpasst haben??); dass ich nur noch geheult habe ... Und dass mein Vater daneben saß und nicht eingeschritten ist. Dass er irgendwann beschloss, dass es wohl nun nichts mehr bringen würde, da ich ja doch recht aufgelöst sei. Und dass er mir dann vor der Tür genau erklärte, welche Fehler ich in meiner Gesprächsführung begangen und so den Chefarzt gegen mich aufgebracht hatte. Da hätte ich ganz anders rangehen müssen! Meiner Mutter sagte er hinterher, ich hätte mich um Kopf und Kragen geredet. Das Pflege-praktikum habe ich dann in Lübeck gemacht, und diese drei Monate zählen für mich noch heute zu den schönsten Zeiten meines Lebens.

Das Wertesystem meines Vaters: GELD

Mit 18 Jahren bekam ich zur bestandenen Führerscheinprü-fung ein Auto geschenkt, einen Käfer, Baujahr 1973, also ein Jahr älter als ich. Ein gutes Auto, um richtig fahren (und vor allem einparken!) zu lernen. Ich habe dieses Auto geliebt, bei meinem funktionierte sogar die Heizung vernünftig. (Jeder von Ihnen, der einmal einen Käfer gefahren ist, weiß, was ich meine.) An meiner Schule war ich berüchtigt, dass ich, wäh-rend ich Klassenkameraden mit in die Stadt zurücknahm, ger-ne mal in Flüche ausgebrochen bin, wenn vor mir jemand mit 49,5 km/h über die Straße schlich (bis so ein Käfer auf Tou-ren kommt, dauert es halt eine Weile ...). Das fand sogar Er-wähnung in der Abi-Zeitung. Also, ich habe dieses Auto ge-liebt! Allerdings war der Halter mein Vater, was er mir dann auch unmissverständlich klar machte, als ich nach Berlin zie-hen wollte und er meinen Unterhalt berechnete: In Berlin würde ich ja kein Auto benötigen, also verkaufe er es jetzt, dann hätte ich monatlich 50 Mark mehr zur Verfügung. An-sonsten würden mir die Kosten übertragen werden. Ich glaube nicht, dass ich wirklich eine Chance hatte. Die Berechnung des Unterhalts wurde mir dann auch lang und ausführlich darge-stellt (dazu gab es immer extra wichtige Gesprächstermine, denn einfach so beim Essen konnte mein Vater nicht über die Dinge reden, die es zu besprechen gab), unter anderem waren das 70 Mark für Kleidung und 40 Mark für das Telefon. Das sind die einzigen Werte, an die ich mich erinnere, unter ande-rem deshalb, weil ein Telefonanschluss damals 25 Mark mo-natlich kostete und die Einheit 23 Pfennig (erinnern Sie sich an die Zeit?!). Dann dürfe ich halt nicht so viel telefonieren, schließlich wäre ich ja zur Ausbildung in Berlin, da hätte ich ja etwas anderes zu tun. (Dass ich überhaupt ein Telefon bekam, war meiner Oma zu verdanken. Sie bestand darauf, dass ich Telefon hatte, da sie mich anrufen können wollte, wann immer ihr danach war, und das sollte dann auch nicht auf meine Kosten gehen. Sie hat mir auch eine Waschmaschine gekauft. Wenn es nach meinem Vater gegangen wäre, wäre ich halt immer schön in den Waschsalon gelaufen.) Interessant war an dieser Berechnung, dass sie zum einem circa 200 Mark unter dem lag, was ich wirklich an fixen Kosten benötigte, wie zum Beispiel Nebenkosten oder auch Lebensmittel. Zum anderen beschloss er, dass ich in meine 45qm-Altbauwohnung ja noch einen Untermieter nehmen könnte, schließlich hatte ich zwei Zimmer, so könnte ich ja die halbe Miete sparen. Also wurde auch nur die halbe Miete eingerechnet. Wissen Sie, wie die klassische Berliner Altbauwohnung aussieht? Ein ganz langer Flur, von dem relativ kleine Zimmer abgehen, die allerdings eine Deckenhöhe von mindestens 3,20m haben. Mein zweites Zimmer war also eher fünf Quadratmeter groß, was deutlich kleiner ist als ein Zimmer im Studentenwohnheim. Und jetzt raten Sie mal, wer gerne zu mir zu Besuch kam, zum Teil nur mit einem Tag Vorlaufzeit, um sich die Stadt anzusehen, Ausstellungen zu besuchen, die Umgebung zu erkunden?! Denn es war ja so kostengünstig, dass die Tochter eine eigene Wohnung mit einem Extrabett hatte!! (Und raten Sie mal, wer mir Jahre später vorwarf, dass ich das Haus meiner Eltern als Hotel missbrauchen würde?! Dass ich nur zum Übernachten käme und dass meine Eltern mich gar nicht zu Gesicht bekämen!) Gut, das Resultat des Ganzen war also, dass ich mit dem Geld absolut nicht hinkam und meine Omi und meine Mutter mir noch regelmäßig etwas überwiesen, und ich zum Monatsende dann einfach ein bisschen weniger aß, damit ich das nächste Einkaufen etwas nach hinten verschieben konnte. Wenn sich meine Miete erhöhte, musste ich ihm eine Kopie des Mietvertrages vorzeigen, ob ich auch wirklich die richtige Summe der Erhöhung genannt hatte. Ein Teil meines Unterhalts wurde aus einer Ausbildungsversicherung gezahlt, monatlich DM 287,20. Ich glaube, seitdem bin ich ein Liebhaber glatter Summen. Dem Finanzamt gegenüber lege ich auch Wert darauf, die Differenzen sehr genau auszurechnen, aber in diesem Rahmen erscheint es mir zart unpassend. Aber mit dem Überschuss von DM 12,80 (wären es auch nur DM 2,80 gewesen) hätte ich sicher rauschende Feste feiern oder einmal zuviel ins Kino gehen können, das mag gerne sein.

Verstehen Sie mich nicht falsch! Ich bin sehr dafür, dass man Kindern, sobald sie flügge werden und ihren eigenen Weg gehen, einen bestimmten Geldbetrag zugesteht, mit dem sie dann haushalten müssen. Bei einigen Freunden war es so, und wir haben es alle befürwortet. Allerdings sollten dann doch bitte realistische Maßstäbe angesetzt werden und nicht solche, die aus der Studienzeit der Eltern stammen und somit auch schon 30 Jahre alt sind. In der Zwischenzeit verändert sich sehr viel, wie zum Beispiel Dinge, die als zum Lebensstandard notwendig angesehen werden. Es war auch nicht so, dass ich eine Luxuswohnung hatte. Wenn es nach meinem Vater gegangen wäre, hätte ich mir mit Backsteinen mein Wäscheregal zusammengebaut, so wie er es damals schließlich auch machen musste. Ein Teil meiner Möbel stammte aus unserer Ferienwohnung und war somit auch schon mindestens 25 Jahre alt (ich habe immer noch ein Sofa, von dem es Fotos mit mir gibt, als ich ein Baby war). Der andere Teil waren ausrangierte Büromöbel aus dem Unternehmen meines Vaters. Auch meine ersten beiden Computer waren aus dem Unternehmen. Erst in Darmstadt, also in meiner zweiten Wohnung, habe ich aus der Not heraus angefangen, mir neue Möbel zuzulegen, da in meiner Wohnung dort die Deckenhöhe 2m betrug und ich somit sehr viel, unter anderem auch Lampen, nicht mehr nutzen konnte. Wenn es nach meinem Vater gegangen wäre, hätte ich die Möbel einfach gekürzt.

Irgendwann, als ich schon eine Zeit lang in Berlin wohnte, teilte mir mein Vater mit, dass ich mein Fahrrad anscheinend nicht mehr brauchen würde. Es stünde ja eh nur in der Garage herum und außerdem nehme es dort Platz weg. (Ich erläutere jetzt mal nicht, wie groß die Garage meiner Eltern ist.) Er würde es dann mal verkaufen. Und außerdem sollte ich doch jetzt endlich meine Schuhcreme mitnehmen, schließlich wohnte ich ja nicht mehr zu Hause. Und warum stünde eigentlich immer noch Müsli von mir in der Küche ... Die Schuhcreme räumte meine Mutter dann in einen Schrank, weil sie das Generve auch leid war. Mit dem Müsli waren sowohl meine Mutter als auch ich uns einig, was wir ihm dann auch mitteilten, dass es auf dem Schrank in 2,50m Höhe nicht wirklich Platz wegnehmen würde und ihn dort sicherlich auch nicht stören könnte. Und mit dem Fahrrad wies ich darauf hin, dass ICH es damals bezahlt hatte, von meinem eigenen Geld, und dass ICH somit entscheiden würde, ob und wann es verkauft werden würde. Als ich zum Studieren nach Darmstadt gezogen bin, nahm ich das Fahrrad dann endlich mit. Und während ich dieses schreibe, kommen bei mir Überlegungen auf, ob ich eigentlich unerwünscht war. Es scheint fast so, als ob nichts mehr an mich erinnern sollte, kaum dass ich aus dem Haus war. Habe ich ihn in seinem alltäglichen Leben so gestört? Dann wird mir allerdings auch klar, warum ich, wenn ich irgendwo zu Besuch bin, mich immer bemühe, in den Räumen meiner Gastgeber keinerlei Spuren zu hinterlassen (so nehme ich zum Beispiel nach jedem Zähneputzen meine Zahnbürste und mein Handtuch immer wieder mit aus dem Bad hinaus). Ich will meine Freunde in ihrem alltäglichen Leben nicht stören.

Grundsätzlich war das Verhältnis zwischen meinem Vater und mir zum Thema Geld immer ein sehr angespanntes. Irgendwann, da war ich schon mit meinem Mann zusammen, habe ich endlich verstanden, warum ich so ein Problem damit hatte, in meiner Beziehung auf das Thema Geld zu sprechen zu kommen. Ich kannte ja nur die Reaktion meines Vaters dazu, und die war immer vorhersehbar: Sein Gesicht versteinerte sich, seine Stimme bekam einen bestimmten Tonfall, der deutlich ausdrückte, was in ihm vorging: Aha, ist es also mal wieder so weit! Er hat mir einmal vorgeworfen, dass ich es mir ja sehr leicht machen würde: Statt selbst zuzusehen, wie ich an Geld käme, würde ich einfach bei ihm anfragen, wenn es mal wieder knapp werden würde! Ich habe ihm dann mitgeteilt, dass es grundsätzlich der letzte Schritt sei, wenn ich ihn darum bitte, dass dann wirklich alle Reserven und Möglichkeiten erschöpft seien und ich absolut keine andere Chance mehr hätte, weil ich jedes Mal mit genau dieser Ansprache rechnen müsste. Das wollte er natürlich nicht glauben. Einmal hat er mir am Telefon eine massive Szene gemacht: Ich hatte, als ich mal wieder meine Eltern besuchte, mir über Telegate ein Gespräch weitervermitteln lassen. Drei Monate später hat er mich angerufen und gefragt, mit wem ich denn da telefoniert hätte. Warum ich nicht ins Telefonbuch geguckt hätte. Grundsätzlich wäre auch seine Sekretärin jederzeit gerne bereit, mir die gewünschten Nummern zu suchen. Denn IMMER, wenn ich bei meinen Eltern wäre, würde ihre Telefonrechnung EXORBITANT steigen! Er sehe das als deutliches Symptom, dass ich nach wie vor nicht mit Geld umgehen könnte und dass ich anderer Leute Geld, für das sie hart gearbeitet hätten, nicht wertschätzen würde. Und er möchte mich bitten, in Zukunft nicht mehr vom Festnetz meiner Eltern zu telefonieren. Sagte ich eigentlich schon, dass es um ganze neun Euro ging? Ich habe ihm mehrmals angeboten, ihm das Geld zu überweisen, wenn es ihn so sehr schmerzen würde. Nein, darum ging es ihm nicht, zurückhaben wollte er das Geld nicht. Er wollte einfach nur seine Meinung kundtun und mir mitteilen, dass er ein ernstes Problem bei mir sehe, das ich schleunigst in den Griff bekommen müsste. Und als er dieses nun getan hatte, fragte er mich im Plauderton, wie es mir denn so gehen würde.

Ich bin einmal gefragt worden, welches Wertesystem mein Vater hätte. Ich wusste keine Antwort darauf. Mein Mann allerdings sofort: Geld! Mein Vater misst die Menschen nach dem monetären Wert, den sie für ihn einbringen. Meine Mutter meinte darauf lachend, dass sie dann ja eigentlich nichts wert wäre, da sie ja nur krank gewesen sei. Den Zahn habe ich ihr schnell gezogen: Die Krankheiten haben ja auch einen Preis gehabt, Arztkosten, Medikamente, ... Somit hatte meine Mutter auch einen Wert, einen negativen zwar, aber immerhin. Diese Erkenntnis gefiel ihr nicht wirklich. Meine Oma, also seine Mutter, hat auch einen Wert: 1000 Euro im Monat, die Kosten für ihre häusliche Versorgung. Diesen Preis versucht er zu drücken, wo es geht, weil es ihm zu teuer ist. Gut, ein Pflegeplatz im Heim wäre zwar deutlich teurer. Er könnte auch froh darüber sein, dass seine über 90-jährige Mutter eigentlich noch ganz gut alleine kann, und bis auf Unterstützung beim morgendlichen Waschen und dass man ihr das Essen kocht, nicht auf weitere Hilfe angewiesen ist ... Aber irgendein Hobby braucht ja jeder Mensch in seinem Leben.

Ich bin wirklich nichts wert. Da das mit dem Geldverdienen bei mir seit meinem Studium nicht so funktioniert, wie er sich das vorgestellt hat, und ich auch seinem väterlichen Rat nicht gefolgt bin und mir wieder eine Stelle als Krankengymnastin gesucht habe, habe ich auf ganzer Linie versagt. Das Irre ist: Er erzählt in seinem Freundeskreis wirklich lieber etwas Negatives über mich, als gar nichts erzählen zu können! Im Freundeskreis meiner Eltern geht es, was die Kinder anbelangt, zum Teil wirklich hoch her: Einer hat innerhalb kürzester Zeit den elterlichen Betrieb in den Konkurs getrieben, ein anderer hat mit Anfang 20 im Nobelviertel der Stadt Frauen rumlaufen gehabt, die für ihn anschaffen gingen ... Das ist alles schon nicht ohne. Aber statt sich darüber zu freuen, dass er mit mir keinerlei Scherereien hat, dass mein Mann und ich eigentlich ganz glücklich miteinander sind, dass es bei mir beruflich endlich aufwärts geht, erzählt er lieber herum, dass ich es immer noch nicht geschafft habe, mein Leben in den Griff zu bekommen. Denn nach wie vor kann ich keine kontinuierlichen Aufträge vorweisen. Dass ich aus dem Nichts etwas aufbauen musste mit einer Idee, die keiner kannte, die erst in das Bewusstsein der Öffentlichkeit dringen musste, dass es schon ein kleiner Erfolg ist, wenn die ersten Menschen bei mir anrufen, weil sie von mir gehört haben ... Das zählt alles nicht. Solange ich keine Rechnung in ordentlicher Höhe vorweisen kann, habe ich in seinen Augen versagt.

Ausgeprägter Kontrollzwang

Eine weitere für das Verhalten meines Vaters besonders prägnante Szene, die ich auch meinem Coach 2005 mit als Erstes erzählt habe, damit er einen schnellen Eindruck davon bekommt, was für ein Typ mein Vater ist, ereignete sich 1997 in Bergen/Norwegen. Ich machte mit meinen Eltern und einer Freundin meiner Eltern eine zweiwöchige Schiffsreise entlang der norwegischen Küste mit dem „Postboot" (die heißen heute immer noch so, aber nach einem Boot sehen diese Dampfer dann irgendwie doch nicht aus). Sehr zu empfehlen!! Der Grund die Freundin mitzunehmen war, dass ihr Mann ein Jahr vorher verstorben war, und sie langsam wieder lernen sollte das Leben zu genießen. Und sie himmelte meinen Vater an wie nichts Gutes, sodass er sich am Ende dieser zwei Wochen wie im zweiten Frühling benahm. Ich weiß, dass meine Mutter ihm Wochen nach dieser Reise die Möglichkeit bot, doch zu dieser Freundin zu ziehen, nachdem mein Vater ihr laufend vorschwärmte, wie agil doch diese Freundin sei, wie viel man mit ihr unternehmen könne, ganz im Gegensatz zu meiner Mutter, die ja dauernd krank wäre. In Bergen jedenfalls machten meine Mutter (Kundin der Sparkasse) und ich (Kundin der Commerzbank) uns eines Tages auf die Suche nach einem Geldautomaten, an dem wir mit unseren EC-Karten Geld abheben konnten. Ich hoffe, Sie lachen nicht! Heute ist es für uns ganz normal, überall auf der Welt mit deutschen Karten Geld abzuheben. 1997 jedoch war das noch nicht ganz so einfach, vor allem nicht in Norwegen, da es nicht Teil der EU war beziehungsweise ist. Ich glaube, ich hatte am dritten Automaten Glück, meine Mutter am fünften. Abends, als wir meinen Vater und die Freundin wiedertrafen, und circa eine Stunde, bevor wir in ein Konzert wollten, erzählten meine Mutter und ich lachend von unseren Versuchen. Und auf einmal verließ mein Vater das Zimmer und kam nicht wieder. Die Freundin wunderte sich nach circa 15 Minuten, wo denn mein Vater bleiben würde, worauf wir antworteten, dass er jetzt sicherlich versuchen würde, Geld abzuheben, da er uns nicht glauben würde. Was wiederum die Freundin nicht glauben wollte. Gut 20 Minuten vor dem Konzert war mein Vater dann wieder zurück. Ja, natürlich hatte er unsere Angaben überprüft und auch versucht, Geld abzuheben. Er hätte keine Probleme gehabt, da hätten wir dann ja sicherlich etwas falsch gemacht. Nach mehreren Nachfragen stellte sich dann heraus, dass er natürlich nicht an den Automaten eins bis fünf gewesen war, die meine Mutter und ich aufgesucht hatten, sondern sich Automat Nummer sechs gesucht hatte. Und da hatte er keine Probleme. Wir hätten halt genau _diesen_ Automaten als Erstes ausprobieren müssen! Was soll man gegen diese Logik noch sagen?!

Dieses ständige Rechthaben- und Kontrollieren-Wollen nahm zum Teil sehr absonderliche Züge an. Dazu fallen mir zwei sehr außergewöhnliche Situationen ein. Die eine muss so gegen 1988 gewesen sein. In dem Jahr bekam ich eine Gore-Tex-Jacke geschenkt, die ich nicht nur jahrelang gerne getragen habe (ich habe sie immer noch), sondern die auch ihre erste Bewährungsprobe auf einer Ruderwanderfahrt meiner Schule leider nicht bestanden hat. Es war eine Fahrt auf der Donau und sie war völlig verregnet. Zweimal mussten wir eine Zwangspause einlegen, da die Donau Hochwasser führte, und es war fraglich, ob wir überhaupt bis Wien gelangen würden. Jedenfalls wunderte ich mich irgendwann, warum ich trotz Gore-Tex unter der Jacke pitschnass war, meine Freundin, auch mit Gore-Tex, total trocken (wie es ja eigentlich sein sollte). Das Einzige, was bei mir trocken war, war mein Rücken. Der Rest meines Oberkörpers war innerhalb kürzester Zeit durchweicht. Zu Hause erzählte ich also davon, und meine Mutter und ich überlegten, dass ich zu dem Geschäft gehen sollte, in dem wir die Jacke gekauft hatten. Mein Vater hingegen zog sich die Jacke an und stellte sich damit unter die Dusche ... Um dann innerhalb kürzester Zeit nass wieder daraus hervorzukommen. Er war schon etwas erstaunt, dass ich die Wahrheit gesagt hatte.

Das andere Erlebnis war deutlich später, da wohnte ich bereits nicht mehr zu Hause. Die Biomülltonnen waren gerade relativ neu eingeführt worden, und die Entsorgungsbetriebe gaben Broschüren heraus, welcher Biomüll darin entsorgt werden sollte. Unter anderem auch Teebeutel. Nun wagte ich es, einen Teebeutel im Beisein meines Vaters in den Restmüll zu entsorgen. Das sei Biomüll!! Nun, sagte ich, der Teebeutel habe schließlich eine Metallklammer (erst im Jahr 2004 stellten die ersten Firmen Teebeutel ohne Metallklammer her), und die sei nicht wirklich biologisch abbaubar, aus diesem Grund entsorge ich den Teebeutel in den Restmüll. Woraufhin mein Vater mir diese Infobroschüre unter die Nase hielt und mir daraus vorlas, dass Teebeutel in den Biomüll entsorgt werden sollten. Woraufhin ich ihm wieder versuchte zu erklären, dass Metall und Bio nicht wirklich zusammenpassen. Ob ich nicht lesen könnte?! Und dann holte er den Teebeutel wieder aus dem Restmüll heraus und entsorgte ihn im Biomüll.

Auch ist mir im Laufe der Zeit aufgefallen, dass mein Vater, je älter und selbstständiger und kompetenter ich wurde, meine Aussagen immer mehr anzweifelte. Das fing harmlos an, dass er recht regelmäßig sagte, wenn ich eine neue Idee hatte: „Ruf' doch mal den und den an und frag' ihn, was er dazu sagt!" Was übersetzt bedeutete: Wenn der es auch gut findet, dann ist deine Idee wohl nicht so schlecht. Das hat mir einige nette Erlebnisse am Telefon beschert! 1999, da war ich gerade im 4. Semester, hatte ich die erste Idee, dass ich mich nach dem Studium mit dem Themengebiet Betriebliche Gesundheitsförderung selbstständig machen wollte. Da war es nur eine Idee. Ich hatte kein Grundgerüst dafür, aber ich wusste, dass das mein Thema ist und dass ich es ausfüllen konnte. Und die nachfolgenden Jahre haben mir da recht gegeben. Die Richtung entwickelte sich immer mehr und die Reaktionen meiner Umwelt zeigten mir eindeutig, dass ich mein Berufsfeld gefunden hatte. Als ich meinen Eltern von der Idee erzählte, kam also der Vorschlag, doch mal einen Freund meiner Eltern anzurufen, seines Zeichens Professor an der Universität und wohl ein recht großer Name auf dem Gebiet der Arbeitspsychologie. Also rief ich ihn an, erzählte ihm von meiner Idee, und wurde am Telefon in Grund und Boden gestampft, wie kurzsichtig ich doch denken würde. Viele seiner Studenten würden genau dieselben Fehler machen und würden sich dann wundern, wie schnell sie wieder im Angestelltenverhältnis landen würden. Ich solle doch erst einmal richtige Grundlagen haben, bevor ich mir einen solchen Unsinn ausdenke. Jahre später hat sich dieser Herr indirekt bei mir entschuldigt, als er während einer Diskussion merkte, dass ich mit seinen Fachtermini mithalten und auch schlüssige Antworten geben konnte.

Ein anderes Erlebnis hatte ich dann 2001, als mein Mann und ich unser Häuschen gefunden hatten. Da mein Vater nicht vor Ort war, wurde mir also aufgetragen, einen anderen Freund anzurufen, seines Zeichens Architekt, der das Haus meiner Eltern umgebaut hatte, was er denn dazu sagen würde. Ob der Kaufpreis denn okay wäre. Das habe ich also pflichtschuldigst getan, da mir ja klar war, welchen Unmut ich auf mich ziehen würde, wenn mein Vater herausfand, dass ich nicht dort angerufen hatte. Besagter Freund hat mich am Telefon ausgelacht, was er denn jetzt tun sollte. Schließlich kenne er das Haus ja nicht und außerdem müsste ich doch selbst wissen, ob ich denke, dass es in Ordnung sei.

Natürlich erachtete mein Vater auch nur die Menschen als kompetent, die er persönlich kannte. Alle Menschen, die ich im Laufe der Zeit in Darmstadt kennengelernt hatte und die mich auf meinem Weg unterstützt haben, hatten natürlich keine Ahnung, denn er hatte ja noch nicht überprüft, ob sie gut waren in ihrem Bereich. Wenn er dann irgendwann merkte, dass ich nicht von meinen Beratern abwich, änderte er die Taktik: Ob denn zum Beispiel meine Grafikerin meine Idee, wie ich meine Broschüre haben wollte, unterstützen würde, oder ob sie ein kostengünstigeres Modell anbieten könnte, das dieselbe Aussagekraft hätte. Denn eigentlich waren das ja alles nur fixe Ideen in meinem Kopf, ein selbst ausgedruckter Flyer würde ja völlig genügen, um Unternehmen auf mich aufmerksam zu machen. Schließlich käme es auf den Menschen an, der dahinter stünde! Ich habe mich ein paar Mal bemüht, ihm verständlich zu machen, dass die freie Wirtschaft heutzutage für Selbstständige leider nicht mehr so läuft, wie er sich das vorstellt, aber ich habe es dann irgendwann aufgegeben. Ich hatte ja eh keine Ahnung, er würde sich Tag für Tag damit beschäftigen (Aufträge zu vergeben!), also wüsste er es eh besser. Wenn ich es einfach so machen würde, wie er es sagte, dann würde ich schon sehen, dass es klappen würde! Ende 2004 sagte mir eine Steuerberaterin, dass ich von Anfang an damit rechnen müsste, dass es gut vier bis fünf Jahre dauere, bis die Selbstständigkeit ans Laufen käme, heutzutage eher sieben Jahre. Können Sie sich vorstellen, wie groß meine Erleichterung war, festzustellen, dass ich mich im Zeitplan befand?! Und mit einem Mal kam auch positives Feedback zu meinem Logo, meinem Briefpapier, meinen Werbemitteln ... Zu all den Dingen, die ich nach der Meinung meines Vaters völlig falsch angegangen war, die viel zu kostenintensiv und deshalb ein weiterer Ausdruck davon waren, dass ich mit Geld nicht umgehen konnte. Und selbst als Personen, denen er vertraute, sich positiv über mein Auftreten äußerten, hörten die Anschuldigungen nicht auf, denn Ausnahmen bestätigen ja die Regel, nicht wahr?!

„Wenn man sich einmal zu etwas entschieden hat!"

Im August 2001 verstarb überraschend meine Omi. Sie war in ihrer Wohnung gestürzt, hatte sich mindestens zwei Rippen gebrochen, und musste deshalb ins Krankenhaus. Sie hat die letzte Woche ihres Lebens im Krankenhaus verbracht, aber es ging ihr gut. Sie wusste, wo sie war, sie verlangte weder nach meiner Mutter noch nach mir, denn mein Vater kam zweimal am Tag, sie war also nicht allein. Mein Vater brachte sie den einen Abend noch in den OP-Vorbereitungsraum, da ihr ein Hämatom ausgeräumt werden sollte, und sie verabschiedete sich auch noch mit: „Bis morgen!" Eine halbe Stunde später war sie tot. Klar war, dass sie nicht mehr in ihre Wohnung zurück gekonnt hätte. Sie wäre ein Pflegefall geworden, was sie niemals gewollt hat. Somit waren wir alle sehr froh, dass es für sie so friedlich zu Ende gegangen war. Manchmal bin ich sehr dankbar dafür, dass sie das alles jetzt nicht mehr miterleben muss. Es ist so, als ob sie die Familie noch zusammengehalten hätte. Und dass das Weltgefüge durch ihren Tod durcheinander gebracht worden ist. Dass die Suche nach einem neuen Oberhaupt bisher noch nicht abgeschlossen werden konnte, weil die, der diese Rolle eigentlich zufällt, meine Mutter, damit nicht umgehen kann, weil sie auf diese Aufgabe nie vorbereitet wurde beziehungsweise sich durch ihre Krankheiten nicht darauf vorbereiten konnte. Und ich bin eigentlich noch zu jung dafür. Aber meine Omi würde mich unterstützen. Es würde sie zwar traurig machen, aber sie hätte Verständnis für mich. Und sie würde sagen: „Wenn du denkst, Herz'erle, dass du das so machen musst, dann wird das schon so richtig sein."

Ihr Tod verhinderte eine Krampfadern-OP bei mir. (Und wenn ich ihr das erzählen könnte, dann würde der Schalk in ihren Augen aufblitzen, und sie würde sagen: „Na, dann ist ja gut, dass ich rechtzeitig gestorben bin!") Zu dem Zeitpunkt hatten mir zwei Ärzte unabhängig voneinander weisgemacht, dass ich mir dringend meine Stammvenen ziehen lassen müsste. Bei dem ersten habe ich, trotz der überaus „freundlichen"

Behandlung, die mir der Arzt zuteil werden ließ (ich habe mich im Nachhinein auch bei der Landesärztekammer über ihn beschwert), doch noch irgendwie meinen Verstand einschalten können, dass das alles, was er mir da erzählte, wohl nicht so ganz stimmen konnte. Mein klinischer Befund war für mein Alter von 27 Jahren zwar als eher schlecht anzusehen. Aber da ich keinerlei Symptome oder Beschwerden hatte, konnte es eigentlich nicht so schlimm sein, wie er es gerade wortreich und recht laut dargestellt hatte. Ich suchte mir daraufhin einen anderen Arzt, der deutlich ruhiger und freundlicher war, mir aber auch eröffnete, dass ich einen sehr schlechten Befund hatte, und deshalb, gerade weil ich in dem Jahr noch nach Thailand fliegen wollte, doch über die OP nachdenken sollte. Der lange Flug, die Hitze in Thailand ... An dieser Stelle sollte ich wohl erwähnen, dass ich Privatpatientin bin, und so gesehen ja ein gern genommenes Opfer für überflüssige OPs. Also machte ich einen Termin zur OP, mein Mann nahm sich für den Tag Urlaub. Und dann konnte ich nicht mehr schlafen. Meine innere Stimme teilte mir klar und deutlich mit, dass hier irgendetwas nicht stimmen konnte, dass gerade etwas gehörig schief lief. Aber ich konnte die Anzeichen damals noch nicht deuten. Ich bin dann mit meinem Mann für eine Woche in die Schweiz gefahren, da er dort eine Schulung hatte, und auf einmal konnte ich wieder schlafen! Und dann ist meine Omi gestorben und ich habe die OP abgesagt. Kurz nach der Beerdigung sprach mich mein Vater auf die OP an, wann ich das jetzt machen lassen würde, und ich meinte, ich würde jetzt zuerst einmal nach Thailand fliegen (vor dem Urlaub hätte es nicht mehr geklappt), mal gucken, wie meine Venen darauf reagierten. Und dann, wenn alles gut liefe, wieder zu meinem Arzt zurück nach Berlin gehen. Der hatte mich 1996 das erste Mal operiert und war damals der Erste gewesen, der sich die Zeit genommen hatte, mir das ganze Verfahren ausführlich zu erklären und die Vor- und Nachteile aufzuzeigen, die entstehen würden, wenn ich mich nicht operieren ließe. Und er hat mir Zeit gegeben, in Ruhe darüber nachzudenken. Daraufhin folgte ein für meinen

Vater sehr typischer Satz: „Wenn man sich einmal zu etwas entschieden hat, dann muss man das auch durchziehen!" Und wenn der Arzt sagt, dass das gemacht werden muss, dann muss das gemacht werden. Schließlich ist er der Arzt und ich hätte keine Ahnung. Sonst hätte ich ja auch Ärztin werden können und nicht Krankengymnastin. Nun gut, ich bin nach Thailand geflogen, habe den langen Flug dank Stützstrümpfen und viel Gymnastik wunderbar überstanden, habe die Hitze in Thailand wunderbar überstanden, bin ohne Thrombose wieder in Deutschland angekommen, und befinde mich seitdem in jährlicher Kontrolle bei meinem Arzt in Berlin. Und lebe immer noch glücklich und ohne Beschwerden mit meiner Veneninsuffizienz und bisher auch ohne OP! Und mein Vater? Der hat sich dann, als bei ihm Prostatakrebs diagnostiziert wurde und der Arzt ihm zu einer offenen Bauch-OP geraten hatte, doch zu einer endoskopischen OP in der Charité Berlin entschieden, nachdem ich ihm einen Bericht über die neuesten Verfahren bei Prostatakrebs geschickt hatte! Den Kommentar dazu habe ich mir verkniffen.

Der Existenzgründerkredit

Im September 2001 fiel die Entscheidung, dass ich mich selbstständig machen wollte, und somit beschlossen mein Mann und ich, uns in Darmstadt niederzulassen. Nach über 60 Bewerbungen kristallisierte sich sehr deutlich heraus, dass es für Betriebliche Gesundheitsförderung keine Stellen gab, beziehungsweise ließ der Anschlag auf das World Trade Center die Unternehmen von jetzt auf gleich ihre Gelder einfrieren. Da war die Gesundheit der Mitarbeiter somit das Letzte, in das investiert wurde. Aber innerhalb einer bestimmten Woche signalisierten drei Unternehmen, dass sie mir zwar keine Festanstellung anbieten konnten, an einer freien Mitarbeit aber durchaus interessiert waren. Eigentlich wollten wir in die Stadt ziehen, in der ich eine Arbeit bekam, aber so war es auch in

Ordnung. Mein Mann brauchte beruflich den Flughafen in erreichbarer Nähe, in Darmstadt fühlten wir uns ganz wohl, warum dann also unser soziales Netz nicht hier ausbauen. Mit der Entscheidung zur Selbstständigkeit war es mir dann wichtig, ein professionelles Auftreten bieten zu können, also ein Firmenname mit passendem, aussagekräftigem Logo, richtiges Briefpapier ... Es war mir peinlich, mit selbst ausgedrucktem Briefpapier an große Firmen wie Unilever, Steiff und andere heranzutreten. Somit investierte ich meine letzten Ersparnisse von damals 8000 Mark zum einen in einen neuen Rechner (aus irgendeinem Grund neigen Computer dazu, nach vollendeter Diplomarbeit ihren Geist aufzugeben, ein Phänomen, das viele Freunde bei sich auch beobachtet haben) und zum anderen in eine Logoentwicklung durch eine Werbeagentur.

Ich glaube, bis zur vollständigen Bezahlung fehlten mir noch gut 200 Mark, die mein Vater mir dann auch gab. Nicht ohne den Hinweis natürlich, dass ein neuer Rechner überhaupt nicht notwendig gewesen wäre, natürlich zu teuer war, und dass das mit der Logoentwicklung eigentlich auch kompletter Schwachsinn sei. Danach allerdings ging es um die Entwicklung eines Werbemittels in Form einer 12-seitigen Broschüre, denn wie ein unbekanntes Thema an den Mann oder die Frau bringen, wenn sich kaum jemand etwas unter dem Begriff Betriebliche Gesundheitsförderung vorstellen kann, beziehungsweise wenn er es dann sofort mit einer Krankenkasse in Verbindung bringt. Es ging noch einmal um eine Summe von 2500 Euro, also Konzeptentwicklung, Fotos inklusive Bildbearbeitung, Layout und Druck. Um die Kosten zu senken, hatten die Agentur und ich schon beschlossen, dass ich den Text selbst erstellte. Vor allem wollte ich die fachliche Komponente nicht einem Laien erzählen, der es dann eventuell falsch wiedergab. Einen Existenzgründerkredit bekam ich nicht, da es sich bei meinem Berufsfeld um etwas so Ausgefallenes und Neues handelte, dass die IHK darüber keine Marktanalyse anfertigen konnte, die für die Entscheidung der Bank unabdinglich war. (Heute, sechs Jahre später, würde ich ihn bekommen. That's life!) Somit kam es also mal wieder zu einem wichtigen Gespräch mit meinem Vater, in dem er mir auftrug, ich sollte einen Businessplan erstellen, wie bei einer Bank, anhand dessen er dann erkennen konnte, ob meine Berufsidee auch wirklich durchdacht war und ich es somit wert war, dass er mir das Geld geben würde. Auch hatte er selbst noch eine tolle Idee Kosten zu sparen: Er hielt mir die Broschüre eines Architekten vor, in der Anzeigen von Handwerkern zu sehen waren. Ich sollte meine Broschüre durch Werbung finanzieren! Das sei heutzutage so üblich, würde der Architekt schließlich auch so machen. Ich sollte Werbung in eine Unternehmensbroschüre setzen, mit der ich große Unternehmen ansprechen wollte??? Und mit welcher Art Werbung? Mit dem Copyshop von nebenan? Das wäre mein Problem, welcher Art die Werbung sein sollte. Er wollte nur auf diese Möglichkeit hinweisen. Denn schließlich hätte er mehr Erfahrung als ich. Aber wenn ich seinem Rat nicht folgen wollte, bitte, dann würde er es sich doch stark überlegen, ob er mir das Geld für die Broschüre geben wollen würde.

Nur zum besseren Verständnis: Es ging nicht darum, dass er mir das Geld schenkte! Es war nur geliehen. Es war klar, dass ich es eines Tages zurückzahlen musste. Das mit dem Businessplan habe ich mir geschenkt, die Rechnung war zu einfach: Da ich keinerlei Investitionen in Maschinen oder ähnliches zu machen hatte, mir kein Büro anmieten musste, hatte ich entweder Kunden, die mich bezahlten und somit meine Kosten deckten, oder ich hatte keine und trotzdem Kosten. Wahrscheinlich hat meine Mutter dann mal wieder kräftig auf ihn eingeredet, jedenfalls kam dann irgendwann der Anruf, dass er mir das Geld geben würde, allerdings mit dem Seufzer: „Bleibt die Frage, ob ich das jemals wiedersehen werde." Ja, es tut gut, wenn die Eltern so viel Vertrauen in einen setzen. Das stärkt das Selbstbewusstsein ungemein.

Die Hochzeitsvorbereitungen

Im Dezember 2001 machte mein Mann mir an unserem dritten Jahrestag einen Heiratsantrag. Es war der zweitfurchtbarste Tag meines Lebens, dem nur noch durch einen Antrag etwas Glanz verliehen werden konnte. (Kleiner Tipp: Fahren Sie niemals in der Nebensaison ins Disneyland Paris! Wir haben keine einzige Disney-Figur gesehen.) Und der Arme: Er war so aufgeregt, die richtigen Worte und den richtigen Zeitpunkt zu finden, und ich habe einen Lachkrampf bekommen!!! Was Jens nicht wissen konnte, war, dass ich innerlich gehofft hatte, dass er sich unseren Jahrestag aussuchen würde, denn dann wäre noch genug Zeit gewesen, um eine Hochzeit an meinem Wunschdatum (18.09.2002, der 90. Geburtstag meiner Omi) zu planen. Und dann sah er so merkwürdig aus und stammelte vor sich hin ... Das war gemein, aber ich konnte es leider nicht steuern. Wir haben überlegt, wie wir es unseren Eltern mitteilen. Sie sollten es gemeinsam erfahren, also haben wir in einem Hotel in Essen für einen Sonntagmorgen einen Tisch zum Brunchen reserviert und unseren Eltern eine Einladungskarte geschrieben. Meinen Eltern wollten wir sie persönlich geben, da wir zu Weihnachten in Norddeutschland bei meiner Oma erwartet wurden. Jens' Eltern wollten wir auf dem Weg nach Norden besuchen und ihnen die Karte in den Briefkasten werfen, sobald wir mit dem Auto um die Ecke gebogen waren, damit sie sie nach Weihnachten finden. Kann denn jemand ahnen, dass sie an Heiligabend um 14 Uhr noch einmal in den Briefkasten schauen??! Jedenfalls klingelte eine Viertelstunde später das Handy und wir hatten einen sehr aufgeregten Papa in der Leitung, der jetzt unbedingt sofort wissen musste, wofür die Einladung denn wäre, ob wir uns verloben wollten, was wir für ein Geschenk haben wollten ... Es war richtig süß. Somit war dann aber auch klar, dass wir meinen Eltern den Grund für die Einladung erklären mussten, da ich vermeiden wollte, dass sich Jens' Eltern am Telefon vielleicht verplapperten und meine Eltern es dann auf diese Weise erfuhren. Also saßen wir abends mit meinen Eltern in der guten Stube meiner Oma zusammen, gaben ihnen die Einladung, sie lasen sie durch ... Und das war es dann. Wir waren schon etwas irritiert. Ich erläuterte den Anlass für die Einladung, dass Jens mich gefragt hatte, ob ich eventuell meinen Nachnamen ändern wollen würde ... Wieder keine Reaktion. Und so langsam kam ich mir doch wie im falschen Film vor. Sowohl meine Mutter als auch mein Vater starrten vor sich hin und sagten NICHTS! Irgendwann sagte mein Vater etwas in der Richtung, dass das ja eigentlich klar gewesen wäre, und das war es dann. Ich habe meine Mutter später darauf angesprochen, dass ich ziemlich enttäuscht gewesen sei, dass da so gar nichts gekommen war. Ihre Entschuldigung dafür war, dass meine Oma DAMALS (also circa 1969), als meine Eltern in genau diesem Raum ihre Verlobung bekannt gaben, meiner Mutter sagte, sie solle dankbar dafür sein, dass ihr Sohn sie nehmen würde. Und das wäre beiden in diesem Moment wieder hochgekommen. Ich weiß nicht, ob ich diese Entschuldigung gelten lassen darf oder sollte. Auch wenn ich nachvollziehen kann, dass sie die Situation an ihre Verlobung erinnert hat, wäre jede Reaktion besser gewesen als gar keine.

Meinen Geburtstag im April hatten wir uns dann ausgesucht, um das Aufgebot zu bestellen. Mein Mann und ich sind beide nicht wirklich romantisch veranlagt, er noch weniger als ich. Deshalb war es mir wichtig, dass wir wenigstens einen Hauch Romantik in den Hochzeitsvorbereitungen hatten. Mein Vater fragte beim Frühstück, was wir vorhätten, woraufhin wir sagten, dass wir zum Standesamt gehen wollten ... Er hat uns ausgelacht. Dass wir ja völlig verblödet seien, da müsse man doch nicht hingehen, das könne man auch telefonisch regeln. Ob er mal anrufen sollte, um uns das zu beweisen. Und außerdem wollten wir doch erst im September heiraten, warum denn so früh das Aufgebot bestellen, zwei Wochen vorher würde doch total reichen. Naja, wir müssten es ja wissen, aber der Standesbeamte würde uns schon bestätigen, dass er recht hätte. Hatte er nicht, das werden Sie sicherlich auch wissen, und auch die

Dame vom Amt sagte, je früher desto besser, wenn man einen Wunschtermin hat. Und wir waren schon die Dritten an unserem Wunschtag! Als wir ihm das hinterher erzählten ... Naja, hatte er sich halt geirrt, was soll's.

Zu unseren Vorbereitungen hat er sich uns gegenüber glücklicherweise zurückgehalten, ich hätte ihn sonst ausgeladen. Wir haben die Trauung und die Feier in zwei verschiedenen Städten abgehalten: Die Trauung in der Stadt, in der ich aufgewachsen bin, weil die Altstadt sehr schön ist und so für Fotos eine hervorragende Kulisse darstellte (ein bisschen eitel waren wir dann doch). Die Feier sollte in Essen in den Räumlichkeiten der Zeche Zollverein sein. Zollverein als Weltkulturerbe bot einfach die Möglichkeit, ein komplettes Programm zu konzipieren, mit Mondscheinwanderung durch die Zeche, Sektempfang auf dem Dach der Kokerei mit einem wunderschönen Blick über die Industriekultur, am nächsten Morgen eine Fahrt mit der Museumsbahn durch das Revier, Frühstück in der alten Waschkaue ... Wir wollten allen Gästen die Chance bieten, etwas von der Historie zu erleben, wenn sie schon den weiten Weg auf sich nahmen, denn einige kamen zum Beispiel aus Berlin beziehungsweise Bayern. Es war ein voller Erfolg! Aber im Vorfeld hat mein Vater sich bei meiner Mutter dann wohl doch häufiger darüber beschwert, wie pompös das doch alles wäre, völlig unnötig ... Auch die Rede des Brautvaters war dementsprechend. Es klang sehr deutlich durch, dass er sich doch eine etwas andere Art zu feiern vorgestellt hatte, so wie es halt in der Gegend, in der ich aufgewachsen bin, üblich wäre. Diejenigen unserer Freunde, die die ganzen Vorbereitungen etwas hautnaher miterlebt hatten, hielten doch zart die Luft an und überlegten, ob er das unbedingt so äußern musste. Aber, nur um Sie zu beruhigen, ich habe dann zwei Jahre später eine noch deutlich peinlichere Rede miterlebt, und da hat die Braut gar nicht gemerkt, wie übel das war!

Und wer, glauben Sie, hat dann Wochen nach der Hochzeit gerne Geschäftspartnern gegenüber damit angegeben, dass seine Tochter auf Zollverein geheiratet hat?!!

Die Sache mit meiner Oma

Am 28.12.2003, ich war wegen meines zehnjährigen Abi-Treffens bei meinen Eltern zu Besuch, abends um 22.30 Uhr, erzählte mein Vater beiläufig, dass meine Oma am 30.12. aus dem Krankenhaus entlassen werden sollte, dass er aber am 29.12. in den Urlaub fliegen wollte und dass er deshalb das Krankenhaus noch anrufen wollte, damit sie sie eine Woche länger behielten. Ich hoffe, Sie sind jetzt im Moment genauso sprachlos, wie ich es damals war! Schlagartig hörte ich meine Alarmglocken laut schrillen und ich fragte mich, ob ich mich eventuell verhört hatte. Nein, hatte ich nicht. Dass meine Oma kurz vor Weihnachten ins Krankenhaus gekommen war, wusste ich wohl, aber ich wusste nicht weshalb. Mein Vater erzählte mir am Telefon, die Ärzte wüssten nicht, was sie hätte, sie würden noch eine Herzkatheteruntersuchung machen lassen. Da wunderte ich mich schon etwas, Herzkatheter? Meine Oma hatte Bluthochdruck und Diabetes, warum sollte sie eine Herzkatheteruntersuchung über sich ergehen lassen? Aber mein Vater hatte sich ja um alles gekümmert, der würde schon wissen, was er mir erzählte. Also, er würde in den Urlaub fliegen, noch alles veranlassen, damit man sie noch eine Woche länger behielte, und außerdem wäre ja noch Frau S. da, eine Freundin meiner Oma, die würde sich um alles kümmern. Besagte Freundin war allerdings deutlich über 70 und außerdem ja auch nicht gerade der richtige Mensch, etwas bezüglich der Versorgung meiner Oma zu entscheiden. Warum denn nicht, so viel zu entscheiden gäbe es da nicht. Meine Oma könne ja nicht mehr nach Hause, sie müsse sowieso ins Heim. Alles wäre organisiert, alle wüssten Bescheid, da könnte sich auch Frau S. drum kümmern. So richtig glauben konnte ich immer noch nicht, was ich da hörte. Mein Vater betete mir bei jeder beliebigen Gelegenheit vor: „Wenn man keine Ahnung hat, holt man sich Hilfe!" Und nun hatte er die Fachkompetenz, was dieses Thema angeht, vor sich sitzen. Er wusste, dass ich mich ein paar Jahre zuvor bei meiner Omi, als sie gestürzt war und sich die Hand gebrochen hatte, auch darum gekümmert hatte, weil meine Eltern zu dem Zeitpunkt gerade im Urlaub waren. Er hatte jemanden, der Ahnung hatte, in seiner eigenen Familie, und er hatte kein einziges Mal nachgefragt, welche Schritte unternommen werden mussten! Irgendwie bekam ich ihn dazu, dass er mir sämtliche Telefonnummern aufschrieb, wer für was zuständig war, in welches Heim sie sollte, aber es wüssten ja alle Bescheid, ich müsste mich eigentlich um gar nichts kümmern. Und nein, er hat mich nicht gebeten, ob ich hinfahren könnte. Ich habe es ihm geradezu aufgedrängt, weil ich ziemlich fassungslos darüber war, dass ein alter Mensch und noch dazu ein Mitglied meiner Familie im Krankenhaus verwahrt werden sollte. Heute frage ich mich, ob das Taktik war, damit ich in die Richtung lief, die er wollte. Ich hätte ihn auflaufen lassen sollen, aber das wollte ich meiner Oma nicht antun. Auch wenn ich kein wirklich gutes Verhältnis zu ihr habe, eigentlich gar kein Verhältnis außer das Wissen, dass ich mit ihr verwandt bin, hat es niemand verdient, allein gelassen zu werden.

Am nächsten Morgen wurde ich um halb sechs geweckt, um meine Eltern zum Flughafen zu bringen, da meine Mutter eigentlich nicht reisefähig war und sie deshalb den Shuttlebus verpasst hatten. Kurz bevor wir auf die Autobahn fuhren, musste ich noch einmal umkehren, da meine Mutter vergessen hatte ihren Ausweis mitzunehmen. Sie haben das Flugzeug gerade noch so erreicht und mein Vater war bester Stimmung, dass alles nach seinen Wünschen lief. Gegen halb acht rief ich das erste Mal im Krankenhaus an und wurde von der Stationsärztin zusammengefaltet. Das sei ja schön, dass sich endlich jemand von der Familie kümmerte, sie wüssten nämlich nicht, wie es weitergehen sollte. Hoppla, was war denn jetzt los? Zuerst einmal weckte ich meinen Mann, der sich in den nächsten Zug setzte, um zu mir zu kommen. Ich war mit seinem Auto unterwegs, da ich ja nur einen Tag wegbleiben wollte. Und ich hatte noch die Hoffnung, alles innerhalb eines Tages erledigen zu können, deshalb sollte er mit, damit ich nicht fahren musste. Dann fing ich an zu telefonieren und mir die ersten Infos zu besorgen ... Tja, und wie zu erwarten war, es wusste keiner Bescheid! Der Hausnotruf dachte, meine Oma wäre schon im Heim und erwartete sie nicht mehr zu Hause zurück. Die Station sagte, dass meine Oma deutlich mehr konnte, als sie zeigte (was mir schon vorher klar gewesen war). Und der Sozialdienst las mir aus der Akte vor, dass mein Vater einen Tag vor Weihnachten trotz des dringenden Abratens der Stationsärztin die Heimunterbringung abgesagt hatte, mit der Begründung, dass sie zu Hause versorgt sei. Bei dieser Versorgung handelte es sich allerdings nicht um einen Pflegedienst, der jeden Tag kam, sondern um einen Besuchsdienst von Freunden meiner Oma. Es kam jeden Tag eine Bekannte, die unter anderem für sie kochte und sie beschäftigte, damit sie nicht den ganzen Tag alleine war. Nach gut zwei Stunden, als ich mir ein erstes Bild gemacht hatte, rief ich wieder auf der Station an und bat um einen Tag Aufschub bei der Entlassung, falls meine Oma wirklich am nächsten Tag entlassen werden sollte, damit ich vor Ort alles organisieren konnte. Und dann ging ich erst mal wieder ins Bett und wartete darauf, dass mein Mann kam.

Abends gegen 18 Uhr waren wir im Krankenhaus. Während der Fahrt telefonierte ich weiter vor mich hin und machte die ersten Termine aus: Mit dem Sozialdienst der Klinik, mit dem Pflegedienst, und, und, und. Als wir das Zimmer meiner Oma betraten, war auch Frau S. anwesend. Frau S. kennt mich, seitdem ich ein kleines Kind war, und die Erleichterung, als sie mich sah, war ihr deutlich anzumerken. Ich habe mich bei ihr für die ganzen Umstände entschuldigt, dass ich fassungslos wäre, dass mein Vater sie so im Stich gelassen hatte, und sie sagte noch, dass sie sich ja gerne um meine Oma kümmere, aber das wäre dann doch etwas zu viel Verantwortung gewesen. Und dann kam auch passend der Chefarzt, der mit der Visite anscheinend so lange gewartet hatte, bis ich da war. Auch bei ihm entschuldigte ich mich für die ganzen Probleme, die ich erst einen Tag zuvor erfahren hatte, und sagte, dass ich mich jetzt um alles kümmern würde, damit die weitere Versorgung sichergestellt sei. Und da sagt mir dieser Mann, Chefarzt in einem Wald- und Wiesen-Krankenhaus in Norddeutschland, nur wenig jünger als mein Vater: „Ich glaube, das Hauptproblem bestand eher darin, dass Ihr Vater gar nicht verstanden hat, worum es eigentlich geht!" Wow, welchen Eindruck hatte denn mein Vater hier hinterlassen??!!! Es klärte sich ziemlich schnell auf, wie meine Oma ins Krankenhaus gekommen war und was sie eigentlich hatte: Sie hatte schon seit einiger Zeit einen Notrufknopf im Haus installiert. Als sie sich morgens nicht meldete, kam der Pflegedienst und fand sie aufgrund einer fiebrigen Erkältung ziemlich geschwächt im Bett vor, mit entgleistem Zucker, weil sie die letzten Tage schon nicht mehr regelmäßig gegessen hatte. Und es klärte sich auch die Sache mit der Herzkatheteruntersuchung auf: Der Blutdruck musste in der Klinik neu medikamentös eingestellt werden, und ihr wurde, weil sie so schwach war, ein Katheter gelegt, damit sie nicht zur Toilette gehen musste. Ein durchaus übliches Verfahren bei alten Menschen. Der Katheter war ihr auch erst an diesem Tag, also nach zehn Tagen Klinikaufenthalt gezogen worden, und sie erzählte stolz, dass es mit dem auf die Toilette gehen prima geklappt hätte. Und ansonsten war die Begrüßung meiner Oma wieder einmal recht eindeutig (obwohl ich sagen muss, dass sie sich wirklich gefreut hat, mich zu sehen): „Du bist dick geworden! Mit langen Haaren hast du mir besser gefallen! Müssen deine Haare so kurz sein? Wann wirst du endlich schwanger?" Ja, es gibt einen Grund, warum ich den Kontakt zu meiner Großmutter väterlicherseits nicht wirklich suche.

Den 30. und 31.12. habe ich dann herumgewirbelt und die häusliche Versorgung meiner Oma organisiert, was nicht ganz einfach war, da die einzelnen Beteiligten wie zum Beispiel der Pflegedienst doch eine deutlich andere Arbeitsauffassung hatten, als ich es gewohnt bin. Dies wurde auch so ausgedrückt: „Das mag bei Ihnen in der Stadt so laufen, hier bei uns geht das doch etwas anders." Nebenbei habe ich meiner Oma noch den Kasper gemacht, dabei ziemlich erstaunt festgestellt, wie fit sie für ihr Alter ist, obwohl sie dieses sicherlich gerne verheimlicht hätte. Am 31., als ich fahren wollte, hat sie mir eine sehr oscarverdächtige Szene vorgespielt, dass sie auf gar keinen Fall alleine aus dem Bett aufstehen könnte, sehr melodramatisch. Und die Schwestern waren natürlich alle „frech", weil sie ihr nicht helfen wollten. (Circa drei Monate später, als der Medizinische Dienst der Krankenkassen die Einstufung meiner Oma überprüfen wollte, hatte ich dann eine sehr lebhafte Anschauung davon, wie fit sie eigentlich wirklich noch war ... Können Sie sich eine 92-jährige Frau vorstellen, die eine Kerze machend auf dem Bett liegt und sich ihre Strumpfhose anzieht?? Bis zu dem Moment konnte ich es nicht. So einen Anblick bekommt man als Krankengymnastin im Krankenhaus eher selten zu Gesicht!)

Und mein Vater? Der rief alle zwei Tage aus England an, um auf dem Laufenden gehalten zu werden, wie der Stand der Dinge wäre, was entschieden werden müsste. Beim ersten Telefonat habe ich ihn angebrüllt, dass ich natürlich genau das vorgefunden hatte, was ich erwartet hatte. Dass ich doch etwas an seinem Verstand zweifeln würde, mir zu erzählen, alles wäre organisiert. Er hat mich nicht verstanden. Und als er dann wieder da war, hatte er nichts Besseres zu tun als alles, was ich mühevoll in der kurzen Zeit aufgebaut hatte, innerhalb eines halben Tages wieder abzusagen. Was ich auch nur dadurch erfahren habe, da sowohl der Pflegedienst als auch Frau S. etwas hilflos bei mir anriefen, wie es nun weitergehen sollte. Da habe ich ihn ein zweites Mal am Telefon angeschrien, und es gab noch ein drittes Mal, dass ich mir doch etwas veralbert vorkäme, wo bitte das Problem gewesen wäre, mich anzurufen und zu fragen, warum ich dieses und jenes organisiert habe. Wo überhaupt das Problem gewesen wäre mich anzurufen, welche Schritte unternommen werden müssten. Es wäre eine Sache von zwei Telefonaten gewesen, alles in die Wege zu leiten. Warum er die Heimunterbringung abgesagt hätte, mir dann aber mitteilt, dass meine Oma so schwach wäre, dass sie garantiert ins Heim müsste, ... Schweigen. Und endlich konnte ich das auch mal sagen: Wenn man keine Ahnung hat, holt man sich Hilfe! Ich habe es genossen, nur leider hat es nichts gebracht.

Meine Mutter meinte dann, es wäre vielleicht ein guter Zeitpunkt, ihm eine pro forma Rechnung zu schreiben, damit er sieht, wie viel Geld er gerade an Leistung in den Sand gesetzt hatte. Wie Sie ja wissen, bemisst mein Vater Dinge nur nach ihrem monetären Wert, darunter kann er sich etwas vorstellen. Ich habe ihm das also handschriftlich dargestellt, dabei kam ich auf eine Summe von circa 1600 Euro, wobei hier der größte Faktor die Fahrt- und Hotelkosten waren. Diese Auflistung habe ich ihm geschickt, zusammen mit einem Brief ... Keine Reaktion. Dieser Zettel verschwand stillschweigend im Fach für ausgehende Rechnungen, wo er vier Wochen liegen blieb, bis ich ihn dann im Beisein meiner Mutter zerriss. Das habe ich ihr auch gesagt, ich wollte kein Schweigegeld. Entweder ein Dankeschön, dass es toll war, dass ich hingefahren bin, oder eine richtige Rechnung. Nach einer gewissen Zeit rief er bei mir an, dass ich ihm eine Rechnung für meine Leistungen stellen könnte. Aber dass meine Auflistung natürlich deutlich überhöht gewesen sei. Nur weil er mein Vater wäre, wäre er so nett, das zu bezahlen. Da sollte ich ihm mal jemanden aus Darmstadt suchen und beweisen, dass dieser Mensch bereit wäre, auch so viel zu bezahlen, da würde ich nämlich keinen finden. Niemand würde dafür so viel bezahlen. Es wäre ja klar, dass ich keine Ahnung hätte und mich völlig überschätzen würde, dann müsste ich mich auch nicht wundern, warum ich keine Aufträge hätte. Ich sagte ihm, dass ich mit einer Person, die absolut keine Ahnung von meinem Job hätte, nicht über meine Preispolitik diskutieren würde, und habe aufgelegt.

„Das sind Herr und Frau Schuhmacher!"

Ende Mai 2004 wurde mein Vater in den Ruhestand verabschiedet, mit einem großen Empfang im Rathaus und einer Lobrede des Oberbürgermeisters. Jeder, der Rang und Namen in der Stadt hatte, ist dort erschienen, es waren sicherlich gut 100 Personen anwesend. Und während ich den Lobgesängen zuhörte, wurde mir auf einmal klar, warum mein Vater von mir seit Jahren eine bestimmte Verhaltensweise im Job verlangte: Er warf mir immer wieder vor, dass der einzige Grund, weshalb ich meine Arbeitsstellen verloren hatte, war, dass ich so uneinsichtig wäre. Ich hätte nur meinem jeweiligen Vorgesetzten ein bisschen Honig um den Mund schmieren müssen, das sagen müssen, was er oder sie hören wollte, und dann wäre ich auch nicht gefeuert worden. (Aus der einen Stelle bin ich herausgemobbt worden, nachdem auf einmal eine neue Kollegin in der Abteilung erschien, die dem Chef schöne Augen machte, aber das sah ich natürlich wieder alles falsch.) Er ist nie auf die Idee gekommen, dass mich die Menschen ja unterschiedlich wahrnehmen, eventuell sogar als kompetent erleben. Nein, da ich ja immer und alle Menschen genauso anblaffen würde wie ihn, müsste ich mich nicht wundern. Und als ich so zuhörte, wurde mir klar: Er hat sich die letzten Jahre so verhalten! Mit seinem Job zwischen den politischen Stühlen, es jeder Seite recht machen und dabei noch sein eigenes Ding fahren, da war das die perfekte Verhaltensweise. Mein Vater hatte auch immer den Ruf, sehr diplomatisch zu sein. Er war hoch angesehen in der Stadtverwaltung. Aber das war nicht ich. Ich lasse mich, wenn es um das Thema Gesundheit geht, auf keine Kompromisse ein. Und das sage ich auch meinen Kunden. Sie bekommen gute Arbeit, gut durchdachte Lösungen, sie bekommen mich, und sie bezahlen dafür. Und dafür werde ich geschätzt, dass ich meine Linie verfolge und in einigen Punkten nicht mit mir diskutieren lasse. Es ist sicherlich wichtig, dass es Menschen wie meinen Vater gibt, das will ich nicht bestreiten. Aber genauso ist es wichtig, dass es Menschen wie mich gibt. Und er ist einfach davon ausgegangen, dass SEINE Art, mit der ER gut gefahren ist, natürlich auch mich zum angestrebten Ziel bringen würde. Allerdings zu SEINEM Ziel und nicht zu meinem.

Mittags kam mein Mann, um mich abzuholen. Wir wollten nach dem Kaffeetrinken nach Hause fahren. Es war noch ein Geschäftspartner meines Vaters aus Kiel da. Und als wir da so saßen und Kuchen aßen, kam eine Dame, die etwas abholen wollte. Mein Vater begrüßte sie, stellte meine Mutter vor, und sagte dann in unsere Richtung: „Und das sind Herr und Frau Schuhmacher!" Mein Mann und ich saßen da wie vom Donner gerührt! Kennen Sie das Gefühl, wenn eine Sekunde so unendlich lang wird, dass man denkt, man geht durch den Raum und kann sich jede Einzelheit betrachten? Ich sagte dann nach einiger Zeit (und es war sicherlich nur diese eine Sekunde gewesen): „Deine Tochter und dein Schwiegersohn??!" Meine Mutter meinte später, das hätte er nicht so gemeint. (Übrigens eine der beiden Standardentschuldigungen meiner Mutter für das Verhalten meines Vaters! Die andere lautet: „So ist er eben!") Nun, dann soll er es nicht sagen, ganz einfach. Einige Tage später gab sie dann zu, dass mein Vater ein Problem damit hätte, dass ich mit der Hochzeit meinen Namen geändert habe. Wie bitte??? Nicht dass es traditionell sehr, sehr lange in diesem Land Usus war, dass die Frau ihren Namen bei der Hochzeit abgibt; nicht, dass er – wenn es ihn wirklich interessiert hätte – hätte fragen können, warum ich denn nicht meinen Mädchennamen behalten wollte ... Und auf einmal fügten sich wieder Puzzleteilchen zusammen! Als ich nach Darmstadt zog und mich ummeldete, regte mein Vater sich auf, dass ich auf einmal als Erstwohnsitz Darmstadt hatte und nicht die Stadt, in der ich aufgewachsen war. Mit Trick 17a hätte man das einrichten können. Ich fragte ihn, warum denn? Ich wohnte in Darmstadt, studierte dort, arbeitete dort, warum sollte ich dort also nicht gemeldet sein? Mal wieder, Sie werden es ahnen, keine Antwort. Und als ich gut ein Jahr später ein neues Auto bekam und für dieses ein DA-Kennzeichen besorgte, ging das Theater wieder los: Ich hätte es ja schließlich auch auf meinen Zweitwohnsitz laufen lassen können. Und warum? Schweigen. Ich weiß nicht, was er damit bezwecken wollte, warum es für ihn so wichtig war. Definierte er sich über den Namen und die äußere Identität seiner Tochter? Für einen Mann mit Anfang 60 schon irgendwie ein recht trauriges Verhalten. War es nicht MEIN Name, über den ICH mich definieren sollte? Zu dem Zeitpunkt wurde mir dann auch so langsam klar, dass ich für mich und für meine Entwicklung diese Heirat und die damit verbundene Namensänderung dringend benötigt hatte. Vielleicht symbolisiert der neue Nachname den Abschied vom Kindsein. Für mich drückt er allerdings sehr deutlich die Person aus, die ich heute bin. Diese Person hat in der Vergangenheit viel geleistet, hat sich sehr entwickelt, deutlich mehr Selbstbewusstsein bekommen, welches sie auch nach außen trägt. Menschen, die mich von früher kennen und die lange keinen Kontakt mehr zu mir hatten, spüren diese Veränderungen sehr deutlich. Einige kommen damit auch nicht klar. Und heute ist mir auch bewusst, dass ich diese Namensänderung brauchte, um Abstand zu bekommen und mein eigenes Leben führen zu können. Ich fühle mich sehr wohl mit meinem Namen und sollte es jemals dazu kommen, dass mein Mann und ich beschließen uns zu trennen, werde ich garantiert nicht mehr meinen Mädchennamen annehmen.

Mein Nervenzusammenbruch

Und zwei Wochen später war es dann so weit! Ich war die Woche über bei meinen Eltern, da ich an den Wochenenden eine Weiterbildung in Hamburg hatte, und so meine Fahrtkosten und vor allem die Fahrtzeit minimieren wollte. Am 10. Juni 2004 hatte mein Vater mich morgens um etwas gebeten, ich sollte irgendetwas besorgen. Ich hatte das Geld vorgelegt, er konnte auf meinen Schein nicht passend herausgeben, und ich dachte noch: „Trinkgeld!" Und genau in dem Moment sagte er es: „Der Rest ist Trinkgeld!" Mittags kam er auf einmal auf mich zu, ob ich ihm helfen könnte. Er wollte ein Bild im Treppenhaus aufhängen, und da ich ja zwei (in Zahlen 2!) Zentimeter größer sei als er, käme ich da ja besser dran als er. Ich wunderte mich zwar etwas, was er denn vorhätte, zwei Zentimeter können ja nun nicht die Welt ausmachen, aber gut. Ich fragte, ob wir das abends machen könnten, da ich verabredet war. Sein Blick versteinerte sich und er holte seine Werkzeugkiste hervor und fing an, die Stelle auszumessen, an der das Bild hängen sollte. Es hatte also anscheinend doch keine Zeit bis abends. Mein Vater maß also die Stelle aus, markierte sie und drückte mir dann den Hammer in die Hand. Ich fragte ihn zweimal, ob ich allen Ernstes jetzt den Nagel in die Stelle schlagen sollte, die er gerade selbst markiert hatte! Ja! Dieses tat ich also, machte es natürlich nicht richtig, woraufhin er den Hammer selbst nahm, um dann sein Werk zufrieden zu betrachten. Ich wartete nun auf etwas in der Richtung wie: „Ach, sieh an, ging ja doch ganz einfach", aber da kam nichts. Er fing an, seine Werkzeuge wieder einzuräumen, sodass ich dann sagte: „Wo war denn jetzt bitte das Problem? Wenn ich nicht da gewesen wäre, hättest du es selbst gemacht." Daraufhin ist er ausgerastet. Dass er mich nie wieder um einen Gefallen bitten würde. Dass ich nur an mich denken würde, aber das würde er ja schon seit damals, seit seinem Geburtstag wissen, dass man sich nicht auf mich verlassen könnte. Ich weiß nicht, wie Hass aussieht. Aber seine Augen waren ... Ich weiß es nicht. Aber ich bin mir relativ sicher, dass er mich in dem Moment am liebsten die Treppe hinuntergestoßen hätte. Und mir wurde mit einem Mal klar, worum es hier in Wirklichkeit ging: nicht um diesen blöden Nagel. Natürlich hätte er das selber gekonnt, und das wusste er auch. Aber dass ich die Unverschämtheit besaß, ihn auch noch darauf hinzuweisen. Dass ich das nicht übersehen konnte, damit er mit seinem Selbstbildnis zufrieden sein konnte, das war der Fehler. Er war aber leider auch nicht bereit, sich zu beruhigen, einzulenken. Nein, der Wutausbruch wurde mit den Worten beendet: „Geh mir aus den Augen!"

Und ich kam bei meiner Freundin an und konnte die nächsten Stunden nicht mehr aufhören zu weinen.

Der erwähnte Geburtstag war zu diesem Zeitpunkt bereits zehn Jahre her. Er wurde mir immer wieder gern aufs Butterbrot geschmiert, wenn ich die Erwartungen meines Vaters (seiner Meinung nach) mal wieder extrem enttäuscht hatte, wobei er es aber auch nie für nötig hielt, seine Erwartungen an mich vorher laut kundzutun.

Mein Vater hat im Oktober Geburtstag, der 1994 auf ein Wochenende fiel, sodass ich, inzwischen durch meine Ausbildung nach Berlin gezogen, zu Besuch nach Hause fuhr. Und da meine Mutter wieder einmal krank war, kümmerte ich mich um den Aufbau des Büffets, weil mein Vater abends 20 Gäste erwartete. Nachdem ich alles vorbereitet hatte und die Gäste mit den ersten Getränken versorgt waren, fragte ich meine Mutter, ob ich den restlichen Abend mit meinem Freund verbringen könnte oder ob ich noch gebraucht würde. Sie erlaubte mir, zu gehen. Das war dann wohl ein Fehler. Am nächsten Morgen erklärte mir mein Vater, dass er tief enttäuscht von mir sei, dass ich ihn allein gelassen hätte, mich nicht um seine Gäste gekümmert hätte ... Er wisse ja nun, was er von mir zu halten habe, dass man sich nicht auf mich verlassen könnte, und dass mein Geschenk (ein recht großes, recht hübsches Foto von mir) ihn nun immer an diesen Abend erinnern würde, an dem ich ihn so im Stich gelassen hatte. Er hielt mir die Tochter eines Freundes vor, ein Seelchen in der Küche, stets freundlich, beflissen, und immer bereit, ihren Eltern die Arbeit abzunehmen, wenn sie Besuch hatten. Die hätte ihn nicht so im Stich gelassen! Nun gut, besagte Tochter hat im dritten Anlauf dann auch endlich mal einen Ausbildungszweig gefunden, der ihr zugesagt hat. Allerdings hat sie die Ausbildung wohl auch nur beenden können, weil ihre Mutter zu ihr in eine Einzimmerwohnung gezogen war, um ihr das Händchen zu halten.

Ich habe ihn Jahre später, als er mal wieder aus irgendeinem nichtigen Grund auf diesen Geburtstag zu sprechen kam, gefragt, worüber er sich eigentlich beschweren würde. Er hätte die Gäste nicht ausladen müssen, sich selbst um nichts kümmern müssen, alles wäre vorbereitet gewesen, das Essen war warm, die Getränke waren gekühlt, die Gäste an sich alt genug, um sich selbst mit Getränken zu versorgen. Ich hätte mich mit seinen Gästen unterhalten sollen, die Gastgeberin spielen sollen. Das mache man so. Ich war zu dem Zeitpunkt 19 Jahre alt, somit also für Menschen zwischen 50 und 60 ein nicht wirklich interessanter Gesprächspartner. Mehr als die Frage, wie denn meine Ausbildung liefe, wäre an Konversation ja nicht zu erwarten gewesen. Ich fragte ihn, wann er sich denn zum letzten Mal ausführlich mit einem Menschen Anfang 20 auf einer privaten Veranstaltung unterhalten hätte. Er entzog sich der Antwort, indem er den Raum verließ. Solchen Unsinn müsse er sich nicht anhören.

Meine Mutter war mit der Situation völlig überfordert. Sie saß nur daneben und konnte gar nichts sagen. Sie warf mir später vor, dass ich wie meine Oma gewesen wäre (naja, irgendwie ist diese Frau ja auch mit mir verwandt, da mag es sein, dass ich die ein oder andere Verhaltensweise von ihr in mir trage) und warum ich das nicht hätte übergehen können. Ich wüsste doch, wie er sei, und sie hätte mir doch signalisiert, ich sollte mich zurückhalten, um es nicht eskalieren zu lassen. Ich fragte sie, wann denn bitte der Zeitpunkt erreicht sei, an dem ich mich nicht mehr zurückhalte? An dem ich ihm seine Grenzen aufzeige? In einem Monat? In einem Jahr? In zehn Jahren? Von meiner Oma bin ich es gewohnt, dass sie alle herumkommandiert und erwartet, dass sie das machen, was sie sagt. Und das kann ich bei ihr auch einigermaßen tolerieren, schließlich ist sie über 90 und in einer ganz anderen Zeit mit ganz anderen Wertmaßstäben aufgewachsen. Aber von einem Mann, der gerade mal zwei Wochen pensioniert ist? In den kommenden Monaten hat meine Mutter dann noch versucht zu vermitteln. Dass sie es einsehen würde, dass mein Vater und ich eine Pause bräuchten, aber wie lange ich das denn durchhalten wollte. Irgendwann müssten wir doch wieder miteinander reden, spätestens, wenn es um den Mietvertrag ginge. Ich habe sie dann irgendwann gebeten, sie möge mir diese Leier ersparen. Sie habe ihre 30 Jahre mit meiner Oma gehabt und möchte jetzt auch nicht mehr auf ihre Schwiegermutter angesprochen werden. Meine 30 Jahre mit meinem Vater seien jetzt um. Sie hat es dann abgeschwächt, mir aber weiter von meinem Vater erzählt, wie es ihm gehen würde, was er so machen würde, hat sich über ihn aufgeregt, wenn er sie mal wieder nicht respektiert hat. Auf die Idee, dass ich diese Dinge natürlich auch nicht hören wollte, ist sie leider nicht gekommen. Und ich habe es nicht über das Herz gebracht, ihr das so deutlich mitzuteilen, denn dann hätte sie gar keinen Grund mehr gehabt, bei mir anzurufen.

Abends, als meine Eltern nicht da waren, habe ich meine Sachen gepackt und bin geflohen. Anders kann man es leider nicht bezeichnen, ich wollte einfach nur noch weg. Ich habe noch eine Nachricht hinterlassen, etwas in der Richtung, dass ich doch deutlich mehr Respekt erwarten könnte, nachdem ich mich bemüht habe, die Ehe meiner Eltern zu retten. Und ich ärgere mich bis heute, dass ich das „Trinkgeld" nicht wieder auf den Tisch gelegt habe. Die nächsten sechs Wochen konnte ich nicht mehr schlafen, vor morgens um vier musste ich es gar nicht probieren, und dann ging es auch nur im Zweistundentakt. Glücklicherweise hatte ich zu dem Zeitpunkt einen recht großen Strickauftrag, also habe ich mich müde gestrickt. Ich bin nicht mehr ans Telefon gegangen, denn mein Vater versuchte nun auf einmal meine Meinung zu gewissen Dingen zu erfragen, aber ich konnte seine Stimme nicht ertragen. Es kam dann nach einigen Tagen ein Brief von ihm, den habe ich ins Bücherregal gelegt. Nach einiger Zeit, als ich langsam wieder ans Schlafen kam, habe ich dann mit einer Bekannten telefoniert, die mir eigentlich nicht so nahe steht. Dachte ich jedenfalls. Auf einmal fing ich wieder an zu weinen, erzählte von dem Brief und dass ich nicht wüsste, ob ich ihn überhaupt lesen wollte. Sie bot mir an, dass sie so lange am Telefon bleiben würde, wenn ich ihn lese. Aber ich solle ihn auf alle Fälle lesen. Vielleicht würde ja doch etwas Nettes drinstehen, und dann würde ich es mir nicht verzeihen können, wenn ich ihn nicht gelesen hätte. Abends sprach ich mit meinem Mann darüber, dass er ihn lesen sollte. Wir überlegten dann gemeinsam, was drinstehen könnte. Was drinstehen müsste, damit ich bereit wäre, wieder mit ihm zu reden. Denn eigentlich, so habe ich es auch meiner Mutter geschrieben, wollte ich erst wieder mit ihm reden, wenn er auch mit einem Coach gesprochen hätte und mir diese Person bestätigte, dass mein Vater langsam anfange umzudenken. Es kann einfach nicht angehen, dass zwei von drei Personen in unserer Familie an sich arbeiten, und die Person, die der Dreh- und Angelpunkt der Problemkonstellationen ist, sich um nichts schert und ihren Anteil an den einzelnen Situationen nicht erkennen will. Mein Mann ging dann ins andere Zimmer, um den Brief zu lesen. Er kam nach einer Zeit wieder und war recht still. Und holte tief Luft. Und sagte dann, dass es ihn schockieren würde, dass er meinen Vater immer noch unterschätze. Denn in dem Brief stand nicht der Hauch einer Entschuldigung, noch nicht einmal: „Schade, dass es so weit gekommen ist!" Nein. Der Tenor war eher, dass ich ein Problem hätte und dass ich mich dringend in Therapie begeben sollte, damit ich mein Leben endlich auf die Reihe bekäme. „Dein Dich liebender Vater!" Mein Mann hat den Brief dann verbrannt und ich habe den Geruch nach Asche als sehr wohltuend empfunden.

Ab Oktober ging es mir dann wirklich langsam besser beziehungsweise ich erkannte für mich die Notwendigkeit, mein soziales Leben wieder aufzunehmen. Ich fing wieder an unter Leute zu gehen, wobei es sich dabei hauptsächlich um berufliche Verabredungen handelte, Kontakte knüpfen, mich also mit Menschen zu umgeben, die mich und meine Geschichte nicht kannten, vor denen ich eine Rolle spielen konnte. Mit Menschen, die mir nahe standen, wollte ich mich immer noch nicht umgeben, da war die Gefahr zu groß, dass ich auf einmal wieder zu heulen anfing. (Auch das wurde mir gut antrainiert: Nach außen den Schein wahren, um nicht den Eindruck zu erwecken, dass es innerhalb der Familie Probleme gibt.) Meiner Freundin, die meinen Zusammenbruch hautnah miterleben musste, habe ich einen langen Brief geschrieben, damit sie sich keine allzu großen Sorgen um mich machte. Mit ihr telefonieren konnte ich nicht, zu groß war mein schlechtes Gewissen ihr gegenüber, dass ich sie mit meinen Problemen belästigt hatte. Ich merkte, wie mir diese Maske, die ich vor mich schob, guttat. Ich musste nichts von mir preisgeben und konnte mich trotzdem gut verkaufen. Und im Dezember merkte ich auf einmal, dass ich gute Laune hatte, aus dem Nichts heraus, ohne einen besonderen Grund dafür zu haben. Und das Schlimme war und ist nach wie vor: Ich konnte mich nicht daran erinnern, wann ich mich das letzte Mal so frei und glücklich und leicht gefühlt hatte! Ich war so abgestumpft, dass ich die Kleinigkeiten im Alltag, die das Leben lebenswert machen, gar nicht mehr aufnehmen und empfinden konnte. Und ich bin nach wie vor schockiert darüber, wie und dass es so weit mit mir gekommen ist.

Unser Traum vom eigenen Häuschen

Jetzt wird es kompliziert und ein bisschen verworren. Dieses und das nächste Kapitel haben eigentlich zwei komplett voneinander losgelöste Inhalte. Allerdings hat es mein Vater geschafft, sie sehr untrennbar miteinander zu verknüpfen, sodass es schwierig war, sie getrennt voneinander darzustellen. Ich habe mich bemüht. Das heißt, sollten bei Ihnen in diesem Kapitel Fragen auftauchen, werden Sie die Antwort darauf eventuell im nächsten finden. Und drohen Sie beim Lesen den Überblick zu verlieren, trösten Sie sich! Meinem Mann und mir ist es nicht besser ergangen, und wir waren mittendrin!

2002 beschlossen mein Mann und ich, in Darmstadt zu bleiben. Da es beruflich bei mir noch nicht so lief, wollten wir die Zeit nutzen und die Familienplanung angehen. Wir wohnten in einer 50qm-Dachwohnung, die für ein Kind definitiv zu klein war. Also informierten wir uns über unsere finanziellen Möglichkeiten und machten uns auf die Suche nach einem Haus. Wir sind sogar relativ schnell fündig geworden. Nach fünf Minuten war uns beiden klar: Das ist es! Das wollen wir haben! Mein Vater verkaufte zu demselben Zeitpunkt gerade sein Unternehmen. Als wir meinen Eltern von dem Haus erzählten, kam er auf die Idee, das Haus für uns zu kaufen und es dann an uns zu vermieten, um Steuern sparen zu können. Gesagt, getan. Und ich hörte noch am Telefon, als es beschlossene Sache war: **„Dein Geld nehme ich dann auch fürs Haus!"** (Im nächsten Kapitel erläutere ich Ihnen ausführlich, was es mit dieser Aussage auf sich hat.) Wir waren natürlich zuerst einmal glücklich darüber, die Finanzierung aus eigenen Mitteln hätte uns doch sehr an unsere Grenzen geführt. Glauben Sie mir, hätten wir damals nur im Entferntesten geahnt, was für ein Theater auf uns zukommt, wir hätten es nicht gemacht!! Aber auch meine Mutter konnte sich das, was sich dann die nächsten Jahre ereignete, nicht im Ansatz ausmalen. Zirka ein Jahr später entschuldigte sie sich bei mir, dass sie die Lage so falsch eingeschätzt und mir dazu geraten hatte, das Angebot anzunehmen.

Wir dachten ein bisschen rosig. So, wir kündigen unsere Wohnung, ziehen ins Häuschen, und fangen dann langsam an es umzubauen. Denn, da muss ich an dieser Stelle explizit darauf hinweisen, das Haus war bewohnbar! Die Besitzerin war zwei Jahre zuvor ins Pflegeheim gebracht worden und dort verstorben. Es roch zwar ein bisschen muffig in den Räumen, aber: Es war bewohnbar! Leider dachte der Eigentümer etwas anders als wir: Das Haus müsste vor dem Einzug komplett umgebaut werden. Und so ein Umbau geht natürlich nur mit einem Architekten! Denn nur ein Architekt hat Ahnung und als Einziger den Überblick! Und es müssten Ausschreibungen gemacht werden, denn ohne Ausschreibungen könnten die Angebote nicht miteinander verglichen werden. Und außerdem braucht man noch einen Bauleiter, der die Handwerker koordiniert und sich mit dem Architekten kurzschließt, denn wir können auf keinen Fall erkennen, ob die Handwerker gute Arbeit leisten oder nicht.

Kennen Sie die Doku-Soaps über den Traum vom eigenen Haus? In denen die Betroffenen nervös werden, sobald sich der Baufortgang um drei Wochen verzögert?! Der erste Architekt hat unter anderem vier Grundrisse gezeichnet, obwohl er dazu nicht beauftragt worden war und von uns auch einen kompletten Plan mit unseren Vorstellungen überreicht bekommen hatte. Von seinen Vorschlägen haben wir kein einziges Detail übernommen. Allein das kostete vier Monate, bevor der Umbau endlich begann.

Im Januar 2005, also drei Jahre später, wurde uns dann endlich klar: Es waren nicht wir, die den Baufortgang willentlich verzögerten! Es war der Eigentümer, der auf Teufel komm raus seinen Kopf durchsetzen musste, um die Kontrolle über das Geschehen zu behalten. Wir hatten im Sommer 2004 einige Sachen selbst in die Hand genommen, da der Architekt Nr. 2 lange Zeit wegen Krankheit ausfiel. Wir befanden uns in einer ausgiebigen Warteschleife (in der wir im Hochsommer anfingen das Dach zu dämmen, um überhaupt das Gefühl zu haben, dass irgendetwas vorangeht), denn die Order lautete ja: „Nur der Architekt hat Ahnung! Nur der Architekt ist kompetent genug, Handwerker zu suchen!" Da mein Vater es durch seinen Job gewohnt war, wöchentlich aktualisierte Zustandsbeschreibungen zu bekommen, Gesprächsprotokolle, eben Papier, anhand dessen er Entscheidungen treffen konnte, war er so erbost über dieses sich Nicht-Melden des Architekten, dass er ihm über einige Umwege die Polizei nach Hause schickte, um zu überprüfen, ob er denn noch lebte. Mein Mann und ich wären am liebsten im Boden versunken, als wir davon hörten, und wir entschuldigten uns vielmals bei dem Herrn dafür. Grundsätzlich waren eh immer wir es, die sich im Verlauf dieses Bauprojekts bei den Handwerkern für die merkwürdigen und skurrilen Umstände entschuldigten. Als der Architekt sich drei Monate lang gar nicht mehr gemeldet hatte, wurden wir selbst tätig und besorgten eine Firma, die das Haus von innen verputzte, einen Tiefbauer, der den Keller ausschachtete und isolierte, fingen an, den Keller zu fliesen und bauten die Heizung. Es tat sich also eine Zeit lang wirklich sehr viel, sodass die Chance auf einen Einzug 2005 gar nicht so abwegig war. Aber immer, wenn es gerade anfing zu laufen, rief der Eigentümer eine neue Baubesprechung ein und setze Arbeiten auf der Prioritätenliste nach oben, die den Fortgang des Innenausbaus erneut verzögerten. Einwände waren unerwünscht, denn nach wie vor war er der Einzige, der wusste, wie man richtig baut. Und keiner der von ihm bezahlten Architekten oder Bauleiter traute sich, ihm zu widersprechen.

Das Finanzamt wurde inzwischen auch auf den Umbau aufmerksam und drohte meinem Vater Steuernachforderungen an, da nach fast vier Jahren immer noch keine Vermietungsabsicht erkennbar war. Somit fanden mein Mann und ich Anfang November 2005 ein Einwurfeinschreiben meines Vaters in unserem Briefkasten vor, in dem er uns den Mietvertrag zuschickte. Er wollte ab dem 01.12.2005 EUR 847,50 Miete von uns haben. Er wollte Miete für ein Haus, dass innen nach fast vier Jahren immer noch ein Rohbau und nach wie vor nicht bezugsfertig war, und auch nicht den Anschein erweckte, innerhalb der nächsten Wochen bezugsfertig zu werden! „Sollten mir die unterschriebenen Verträge nicht bis zum 17.11.05 wieder zugegangen sein, muss ich vor dem Hintergrund der Euch bekannten wirtschaftlichen Konsequenzen davon ausgehen, dass Ihr von der Anmietung des Hauses – für mich zwar unverständlich – jetzt endgültig absehen wollt." (Und das alles sehr dramatisch in fett gedruckt!) Somit würde dann der Bauleiter das Haus ab dem 01.12. anmieten ... Dem Bauleiter war dieses nicht wirklich bewusst. Unterschrieben war „Mit lieben Grüßen".

Dies war übrigens schon der zweite Mietvertragsentwurf. Der erste wurde uns ein halbes Jahr vorher von seiner Steuerberaterin übersandt. Einer Frau, die mich kennt, seitdem ich ein Baby war, die ich grundsätzlich auch als Vertrauensperson ansehe. Sie sollte mir den Ernst der Lage erklären, damit ich einsichtig wurde und mein Verhalten seinen Wünschen entsprechend anpasste. Sie selbst gab mir gegenüber zu, dass sie gar keine Lust hatte, sich von meinem Vater einbinden zu lassen. Aber auch sie hat sich nicht getraut, ihm etwas entgegenzusetzen. In diesem Entwurf war dann unter dem Paragraphen „Sonstige Vereinbarungen" noch ein netter Zusatz getroffen, der selbst meinen Anwalt den Kopf schütteln ließ: „Für den Fall, dass die Mieter gegen den Vermieter, aus welchen Gründen auch immer, Klage erheben, gilt der Vertrag vorsorglich bereits jetzt als zum Ende des Monats der Klageerhebung als aus wichtigem Grund gekündigt." Wie kann jemand ernsthaft glauben, dass so etwas unterschrieben wird?

Des Weiteren befand sich in dem Einschreiben ein Kreditvertrag. Ich sollte meine Anteile des 2001 verkauften Unternehmens (s. nächstes Kapitel) zuzüglich Zinsen meinem Vater als Darlehen zur Verfügung stellen. Eine Summe von circa 79.000 Euro, mit einer Laufzeit bis zum Jahr 2033. Dann wäre mein Vater 94 Jahre alt. Abgesehen davon, dass er vorher mit mir über diese Idee niemals gesprochen hatte, würde ich jetzt also meine Anteile, die ich gerne in sein Unternehmen eingebracht hatte, die er nach dem Verkauf für mich (mit 2,5 Prozent p.a.) gut angelegt in Verwahrung genommen hatte, wieder liebend gerne in sein Haus investieren. Und für eben dieses Haus dann auch noch eine Miete von 850 Euro bezahlen. Sollte er mir das Geld auszahlen müssen, veranschlagte er eine Miete von 1100 Euro. Der Kreditvertrag war, drei Jahre nach meiner Hochzeit, auf meinen Mädchennamen ausgestellt.

Mein Anwalt, der zu diesem Zeitpunkt bereits nach dem Verbleib meiner Vermögensanteile forschte (s. nächstes Kapitel), riet uns dringend ab auf dieses Schreiben zu reagieren. Möchten Sie die Reaktion meines Vaters wissen? Am 18.11.05:

„... nachdem Ihr von der angebotenen Anmietung des Hauses keinen Gebrauch gemacht habt, war ich nicht wenig überrascht, dass Herr K. (der Bauleiter, V.S.) von einem Gespräch mit Jens berichtete, wonach er doch noch die Chance zum Abschluss eines Mietvertrages sieht. Er wollte jetzt das Gespräch mit ihm suchen, das zwischen uns offenbar nicht gewünscht wird. Auch wenn ich glaube, dass er genau wie Ihr und ich an dieselben Rahmenbedingungen und Regelungen gebunden ist, will ich auf seinen Rat hin gern noch keine unverrückbaren neuen Fakten schaffen und von der Auszahlung des Darlehens noch absehen. Dabei sollte jeder wissen, dass es von der Zeit her jetzt um jeden Tag geht."

Da wir wieder nicht reagierten, kam am 26.11.05 der nächste Brief: „... inzwischen sehe ich mit Interesse, dass das Bauvorhaben (...) nach den Skandalphasen H. und W. (beides Architekten, V.S.) jetzt unter dem Namen Schuhmacher seine würdige Fortsetzung findet. Irgendwie war ich sogar der Ansicht, das Grundstück auf Euren Wunsch hin gekauft zu haben. Aber das träume ich wohl nur. Da es ja – wie Euch zwar bekannt, aber anscheinend ohne Interesse – hier um sehr viel Geld geht, möchte jedenfalls ich keine überflüssigen Fehler machen und die Problematik jetzt mit dem Finanzamt abklären. Bis dahin erscheint es mir sinnvoll, noch nichts Neues zu unternehmen und noch keine neuen Fakten zu schaffen. Ich denke weiterhin gerne an Euch." Soso, wir verhalten uns genauso skandalös wie die Architekten? Da stellt sich doch irgendwie die Frage, warum wir dann bisher für unsere nicht gerade wenige Arbeit, die nach induktiver Schlussfolgerung auch Architektenarbeit darstellte, noch keinen finanziellen Ausgleich bekommen haben?! Und glaubt er wirklich, dass er uns überzeugen kann, irgendetwas zu unterschreiben, wenn er sich in Vorwürfen ergießt? Ich hatte vor langer Zeit versucht, ihm etwas Theorie über Führungskompetenz beizubringen. Er hat mich ausgelacht. Da er ja mehr Lebenserfahrung hat als ich, macht er ja per definitionem alles richtig.

Ende Januar 2006 beschlossen mein Mann und ich schweren Herzens, uns von unserem Traum und unserem Häuschen zu verabschieden. Wir gönnten uns unsere erste Woche Urlaub seit zwei Jahren. Ein paar Tage Langeoog: Wind, Kälte, lange Spaziergänge am leeren Strand. Es war wunderschön. Und wir brauchten den Abstand so dringend. Seit vier Jahren liefen wir auf Hochtouren und gerade die letzten Monate waren nicht die besten gewesen. Inzwischen arbeiteten Architekt Nr. 3 und Bauleiter Nr. 2 mit dem Eigentümer zusammen (mit uns natürlich nicht, denn wir hatten ja nach wie vor keine Ahnung, wie so ein Umbau vonstattengeht), wir wohnten immer noch in unserer 50qm-Wohnung. Ein Jahr zuvor waren wir so positiv gestimmt gewesen. Wenn alles so gelaufen wäre, wie wir es geplant hatten, hätten wir im November 2005 einziehen können. Aber raten Sie mal, welche beteiligte Person sich seit Beginn der Bauarbeiten noch kein einziges Mal mit uns an einen Tisch gesetzt und gemeinsam mit uns überlegt hatte, wie es weitergehen soll?! Stattdessen durften wir uns andauernd anhören, wie teuer das alles doch wäre, und dass alles, was der Eigentümer noch an Extrakredit aufnehme müsste, auf unsere Miete draufgeschlagen werden würde. Ich weiß nicht, wie häufig wir nachgefragt haben, wie viel Kapital vorhanden wäre, damit wir die Kosten auch im Blick hatten und damit rechnen konnten. Es gab keine Antwort darauf, kein einziges Mal. Ich darf mir gar nicht ausmalen, wie viel Geld an Architekten und Bauleiter verschwendet worden ist, die den Bau eher verzögert anstatt vorangetrieben haben, und denen wir beziehungsweise hauptsächlich mein Mann dann noch hinterlaufen mussten, damit sie ihre Arbeit erledigten!

Dass wir auf Langeoog waren, hatte mein Mann allen Beteiligten schon Wochen vorher angekündigt. Mehrmals. Und dann kam ein Anruf des Bauleiters, dass bis in drei Tagen noch dieses und jenes fertiggestellt werden müsste, damit dann der Asphalt eingebracht werden könnte. Ein weiteres Telefonat mit dem Architekten klärte dann, dass mein Vater den von ihm selbst zwei Wochen vorher verabschiedeten Bauzeitplan

(Nr. 9, 10, 11 oder 12, wir haben irgendwann aufgehört mitzuzählen) nochmals um drei Wochen beschleunigt hatte. Und das noch, bevor der Plan offiziell an alle Beteiligten ausgeteilt worden war! Wir hatten das ganz starke Gefühl, gerade ausgebootet zu werden. Wer garantierte uns denn jetzt noch, dass wirklich <u>wir</u> in dieses Haus einziehen würden, wenn jetzt alles auf einmal so schnell gehen musste?! Wir haben dann noch ein bisschen mehr telefoniert, unter anderem mit meinem Coach und mit meinem Anwalt, und mein Coach sprach es dann auch aus: „Sie klingen eigentlich so, als ob Sie die Entscheidung schon vor langer Zeit getroffen haben. Vielleicht ist es jetzt endlich an der Zeit, sie umzusetzen." Und langsam wurde es uns auch bewusst: Ja, die Entscheidung war eigentlich genau ein Jahr vorher gefallen, als Architekt Nr. 3 auf den Plan gerufen wurde. Damals hatten wir es zum ersten Mal ausgesprochen: Wir sind nicht abhängig von ihm! Wir müssen nicht unbedingt in <u>dieses</u> Haus einziehen! Wir finden sicher irgendwo einen anderen Platz, an dem es uns gefällt!

Wir hatten noch sehr schöne Tage, und das bestärkte uns eigentlich in unserem Entschluss. Wir saßen nicht gramvoll auf der Insel und haderten mit dem Leben. Das Thema war zwar übermächtig, ich habe viel geweint, wir mussten uns ja auch von unserem Traum verabschieden, aber nichtsdestotrotz haben wir unseren Urlaub genossen. Und wir sahen es als deutliches Zeichen an, dass wir uns innerlich schon sehr davon entfernt hatten. Und beschlossen, es positiv zu sehen, dass es jetzt so gekommen war: Wir waren zusammen und wir konnten die Entscheidung gemeinsam treffen. Nach unserem Urlaub (und es stand für uns beide außer Frage ihn abzubrechen) teilte mein Mann allen Beteiligten per E-Mail mit, dass wir uns von dem Projekt zurückziehen würden, da wir nicht mehr bereit wären, uns noch länger zu verbiegen, um meinem Vater seinen Willen zu lassen. Denn jetzt hätten die wichtigen Dinge drankommen sollen, Fliesen, Tapeten, ... Also alles Sachen, bei denen wir definitiv zu keinem Kompromiss bereit waren. Wir hätten damit leben müssen, in dem ständigen Bewusstsein, dass wir es eigentlich anders hätten haben wollen. Und nein, mein Vater versuchte nicht, uns aufzuhalten. Die Reaktion war dementsprechend: Da ich ja beschlossen hätte, meine bisherige Lebensgrundlage systematisch zu zerstören, sei dieser Schritt ja nur konsequent. Und dass sich die Spirale immer schneller drehen würde. Und dass er hoffe, dass ich noch stoppen würde, bevor alles zerstört sei.

Was meint er denn bitte mit Lebensgrundlage? Mir ständig vorhalten zu lassen, dass ich nicht in der Lage wäre, mein Leben zu leben? Dass ich alles falsch machte? Dass er ja schon immer gewusst hätte, dass ich nicht belastbar sei, genau wie meine Mutter? Und wenn wir in dem Haus gewohnt hätten, das ständige Lamento darüber, dass er so etwas noch nie erlebt hätte; dass wir daran schuld wären, dass es so lange gedauert hat, und dass es viel günstiger gewesen wäre, wenn er uns nicht unseren Willen gelassen hätte ... Ich weiß nicht, ob all dieses als Lebensgrundlage wirklich erstrebenswert ist. Und dann ging es natürlich sofort wieder ums Geld: Was denn nun mit den Möbeln meiner Omi passieren sollte, die inzwischen seit Jahren für über 4000 Euro eingelagert seien.

Verraten und verkauft

1995 überschrieb mir mein Vater Anteile seines Unternehmens als stille Gesellschafterin. Der Grund hierfür war sehr simpel: Sein Steuerberater hatte ihm vorgeschlagen, mich als stille Gesellschafterin einzusetzen, damit er, mein Vater, Steuern spart. Gleichzeitig gab mir meine Oma ein Privatdarlehen in Form ihrer Vermögensanteile. (Fragen Sie mich nicht, was das genau ist. Aber ich glaube nicht wirklich daran, dass sie sich das mit ihren damals 82 Jahren selbst überlegt hat.) Gesagt, getan, auf einmal war ich Anteilseignerin im Wert von 140.000 Mark. Da mir die Rendite dieser Summe monatlich ausgezahlt wurde, überwies mir mein Vater keinen Unterhalt mehr. Das war der positive Nebeneffekt für ihn. Und als dann mein nächster Steuerbescheid kam, fragte ich mich verzweifelt, wie ich diesen bezahlen sollte, da ich in der Ausbildung war, für die Schulgeld bezahlt werden musste. Meinen Vater hat es nicht wirklich interessiert, es war ja nicht mehr sein Geld.

Im Laufe der Jahre wurde die Rendite meiner Anteile spürbar geringer. Bekam ich anfangs noch 850 Mark monatlich, verringerte sich der Betrag langsam auf 600 Mark. Laut meinem Vater war daran der Betriebsleiter schuld, der das Unternehmen dank fehlender Führungskompetenz und maßloser Selbstüberschätzung langsam in die roten Zahlen wirtschaftete.

2001 verkaufte mein Vater das Unternehmen an den Betriebsleiter. Ich war zu diesem Zeitpunkt 27 Jahre alt. Und ich war der festen Auffassung, dass mir nun Geld ausgezahlt werden müsste, schließlich zahlte ich seit Jahren Steuern auf die Ertragsausschüttungen. Ich fragte regelmäßig nach, was denn aus meinen Unternehmensanteilen geworden sei, wann ich sie bekommen würde, damit ich sie anlegen könnte. Wie, mein Geld? Davon würde ich natürlich keinen Pfennig kriegen! Er hätte dafür gearbeitet, somit wäre es seins. Außerdem könne er ja nicht davon ausgehen, dass ich Ahnung hätte, wie damit umzugehen sei. Er hätte es gut angelegt, da könnte ich ihm schon vertrauen, und zu gegebener Zeit würde er mir dann mitteilen, was damit gemacht werden würde. Das war jetzt der harmlose Wortlaut. Er hat mich häufig genug angeschrien, was mir einfallen würde, ihn dauernd auf dieses Geld anzusprechen. Es wäre seins, und damit Schluss!

Im Juni 2005 bin ich endgültig stutzig geworden, was das viel beschwiegene, von meinem Vater heiß verteidigte Geld anging. Wir hatten im Februar unsere Küche für das Haus in Darmstadt abgerufen. Nach bereits drei Jahren Umbauzeit waren wir zu diesem Zeitpunkt der festen Hoffnung und Überzeugung, dass es zu einem Einzug Ende 2005 kommen würde. Die Küche stand also irgendwann im Lager und es kam zu einer Rechnung, die an meinen Vater geschickt wurde, da abgesprochen war, dass er das Haus an uns mit Küche vermieten würde. Daraufhin hinterließ er auf unserem Anrufbeantworter eine Nachricht, dass er uns bezüglich der Küche eine E-Mail geschrieben habe und dass er schnellstmöglich eine Reaktion von uns darauf bräuchte. Und in dieser Mail stand, dass ihn das Thema Küche nichts anginge, da er ja nicht der Auftraggeber sei. Aber er würde uns entgegen kommen: Er wollte die Küche **mit meinem Geld aus den Unternehmensanteilen** bezahlen, welches er ja in Verwahrung hatte, und dann den Rest in das Haus investieren. Und übrigens, er würde drei Tage später für fünf Wochen in den Urlaub fahren. Wir müssten uns also schnell entscheiden, damit er das Geld noch freistellen könnte.

Hier offenbaren sich sehr deutlich zwei sehr typische Muster meines Vaters: zum einen der vorgeschaltete Anruf, damit wir ihn und diese wichtige Mail wirklich wahrnehmen. Zum anderen seinen Hang dazu, anderen Menschen ein Ultimatum mit einem kaum einzuhaltenden Zeitfenster zu stellen, sodass sie auf sein Ultimatum eingehen müssen, weil keine Chance bleibt, etwas anderes zu organisieren. (Wobei ihn selbst Ultimaten, die ihm gestellt werden, nicht wirklich interessieren.)

Das war jedenfalls der Punkt, an dem ich aus meiner Ohnmacht erwachte und aktiv wurde: Gerne würde ich meine Küche selbst bezahlen, schließlich hatten mein Mann und ich sie ja geplant. Aber nicht zu dem Preis, dass mein Vater im Endeffekt doch wieder bestimmte, was er mit meinem Geld machte. Und jetzt war es auch absolut klar: Es musste <u>mein</u> Geld sein, sonst würde mein Vater nicht so vehement darum kämpfen, es zu behalten.

Ich habe am nächsten Tag grob überschlagen, um wie viel Geld es sich drehen könnte, denn ich hatte so gut wie keine Unterlagen darüber. Dann habe ich noch ein einigermaßen realistisches Zinswachstum hinzugerechnet und habe die Summe per E-Mail von meinem Vater angefordert. Beziehungsweise ich hatte ihm freigestellt, mir den Gesellschaftervertrag vorzulegen, um daran nachvollziehen zu können, wie bei einem Verkauf des Unternehmens mit meinen Anteilen umgegangen werden sollte. Und dann habe ich angefangen, zu telefonieren:

- Mit meinem Finanzberater, dass ich einen neuen Kredit bräuchte, um die Küche bezahlen zu können.
- Mit einer Bekannten, die sich beruflich unter anderem mit Unternehmensverkäufen beschäftigte, welche Schritte ich nun unternehmen müsste.
- Mit dem Notar aus Schleswig-Holstein, der als Einziger infrage kam als derjenige, über den 1995 die stille Beteiligung hätte vertraglich geregelt werden müssen.
- Mit dem Handelsregister, inwieweit ich dort als Anteilseigner eingetragen war.

Während dieser Gespräche kamen ein paar sehr interessante Dinge zum Vorschein, die mir innerlich schon immer bewusst gewesen sind, und die mich auch die letzten Jahre immer daran zweifeln ließen, dass mein Vater mit seiner Darstellungsweise recht hatte. Unter anderem hatte ich nun die Bestätigung, dass es keinen notariellen Gesellschaftervertrag gab, in dem solche Dinge wie Unternehmensverkauf, Tod des Eigentümers und Ähnliches geregelt waren. Das einzige offizielle Dokument, das ich besaß und das den Anschein erweckte, dass das Geld wirklich mir gehörte, war das Formular „Vermögensanmeldung" des Finanzamtes aus dem Jahr 1995, in der Schrift meines Vaters ausgefüllt (!) und von mir unterschrieben. Mit diesem Formular sowie zwei Bilanzen aus den Jahren 1996 und 2000 wandte ich mich an meinen Anwalt, und der hat aus diesen wenigen Infos so viel herausgelesen ... Eines Tages rief er mich an und sagte: „Herzlichen Glückwunsch! Dir gehören 90.000 Euro!" Steuerlich sei da wohl einiges schiefgelaufen, das würde sicherlich auch den Staatsanwalt interessieren. Während diese Bemerkung bei Freunden tiefes Luftholen hervorrief, hatte ich für die Nachricht nur noch ein Schulterzucken übrig: Es war ja klar, dass es so kommen musste, es war ja schließlich mein Vater.

Im weiteren Verlauf der juristischen Auseinandersetzung entwickelte sich ein sehr interessanter Kreislauf: Mein Anwalt schickte meinem Vater einen Brief mit der Aufforderung, die Unterlagen des Unternehmensverkaufs offenzulegen, um daraus meine Ansprüche errechnen zu können. Mein Vater schickte mir daraufhin eine E-Mail mit einer Excel-Datei, wie er sich die Auszahlung des Darlehens vorstellte (denn natürlich wollte ich mein Geld gerne in sein Haus investieren) und dem Zusatz, dass er jetzt davon ausginge, dass sich somit die Anfrage meines Anwalts erledigt hätte. (Kommentar meines Anwalts: „Dein Vater ist ja putzig!") Und ich leitete die Mail dann an meinen Anwalt weiter.

Nach einigen Mails dieser Art meinte mein Anwalt: „Er will dein Geld in sein Haus investieren. Damit bist du automatisch Miteigentümerin. Wieso solltest du dann noch Miete zahlen?" Ein sehr treffender Hinweis – in diesem Moment mochte ich ihn richtig gern. Nach einigem Hin und Her, das etwa fünf Monate dauerte, zahlte mir mein Vater meine Anteile zuzüglich 2,5 Prozent p.a. Zinsen aus. Die Verzugszinsen, die seit dem Unternehmensverkauf 2002 angefallen waren, allerdings nicht, denn es wäre ja anders abgesprochen gewesen.

Gezahlt hat er die Küche dann übrigens doch! Zwei Tage nach der E-Mail, dass ihn das Thema Küche nichts anginge, rief meine Mutter völlig panisch bei mir an: Ich müsste endlich eine Entscheidung treffen, schließlich hätte sie meinen Vater endlich so weit, dass er mir die Küche zahlen würde. Sie war schon wieder völlig auf Spur getrimmt, und hier offenbart sich noch ein Muster meines Vaters: Wenn er mit mir nicht mehr weiter wusste, dann musste meine Mutter herhalten, damit ich wieder seinen Wünschen entsprach. Ich sagte meiner Mutter, ich hätte schon alles geregelt, sie müsste sich keine Sorgen machen. Schließlich wäre er ja nicht so nett, mir die Küche zu schenken, er würde sie halt von meinem Geld zahlen. Damit sei jetzt Schluss, dass er machen könne, was er wolle. Eine Woche später erfuhr ich durch meine Mutter, dass mein Vater die Küche dann doch bezahlt hat, nachdem der Küchenbauer einen passenden Kommentar abgegeben hatte. Sie war erstaunt, dass er mir das nicht mitgeteilt hatte. Im ungünstigsten

Fall hätte ich also die Kreditzusage bekommen und hätte dann vom Küchenstudio erfahren, dass die Rechnung bereits bezahlt worden war. Als er das Haus dann endlich vermietete, verkaufte er die Küche an die Mieter und wollte mich für den finanziellen Verlust haftbar machen. Mein Anwalt musste sehr lachen. Ich könne doch wohl wirklich nichts dafür, wenn er sich mit den aktuellen steuerlichen Möglichkeiten in Bezug auf Vermietung nicht auskenne.

Einige Freunde haben mir zu diesem großartigen Erfolg gratuliert, als das Geld auf meinem Konto erschien, aber glauben Sie, ich konnte mich darüber freuen? Es war ja nicht MEIN Sieg, ich bin ja nicht selbst mit meinen Problemen klargekommen. Ich musste einen Anwalt einschalten, der dann für mich kämpfte. Und es war nur Geld. Und die endgültige Gewissheit, dass mein Vater mich für seine Steuertricks ausgenutzt hatte, sozusagen über meine Leiche gegangen war, ohne Rücksicht auf Verluste. Eigentlich wollte ich das Geld gar nicht. Ich hatte es schon gut zwei Jahre vorher abgeschrieben, da er es ja immer so darstellte, dass es ihm gehörte, und ich einfach keine Lust mehr auf wütende Beschimpfungen hatte. Einen Teil des Geldes verteilte ich auf diverse Fonds. Und ich fing an, einen Teil meiner Schulden bei meinem Vater zu begleichen. Ich konnte es überhaupt nicht genießen, auf einmal nicht mehr im Soll zu sein. Wenn zu viel Geld auf meinem Konto ist, werde ich nervös. Dauernd denke ich: „Du musst sparen!" Wenn mein Konto im Minus ist, werde ich deutlich ruhiger, denn dann ist ja offensichtlich nichts da, wovon ich Rücklagen bilden könnte. Und trotzdem schaffe ich es immer noch, von dem Wenigen etwas beiseitezulegen. Das ewige „Du kannst mit Geld nicht umgehen!", hat deutliche Spuren hinterlassen. Ich kann es wirklich nicht, denn ich habe es nie gelernt, Geld als etwas Normales anzusehen. Ich musste immer darum kämpfen und mich und meinen Charakter dafür abwerten lassen. Erst gut vier Wochen später, als ich einer Brieffreundin in Ansätzen die Erlebnisse der letzten Monate beschrieb, wurde mir langsam bewusst, dass wirklich ICH diesen Sieg erreicht hatte. Denn es war ja nicht so, als ob ich, kaum dass ich einen Anwalt engagiert hatte, fröhlich und frei mein Leben gelebt hätte. Nach wie vor gehe ich nicht gerne an den Briefkasten, obwohl ich inzwischen eine gewisse Routine darin entwickelt habe, Briefe meines Vaters mit dem Zusatz „zurück" zügig wieder in den Postkasten zu stecken. Die Verzweiflung zwischendurch, warum alles so kommen musste, ob ich doch noch etwas daran hätte ändern können. Und die Fassungslosigkeit, dass mein Vater mich benutzt hat. Dass ich als Tochter gerade gut genug war, seine finanziellen Schachzüge auf meinem Rücken auszutragen. Der Spruch „Blut ist dicker als Wasser" ist für mich blanker Hohn. Und er ruft bei mir eindeutige Zweifel hervor, ob ich wirklich eigene Kinder haben möchte oder ob mir die Verantwortung für ein am Anfang sehr hilfloses Wesen nicht doch zu groß ist. Denn wenn ein Kind da ist, kann man es nicht mehr wegschieben (auch wenn es leider genügend Beispiele in unserer Gesellschaft gibt, die zeigen, dass es doch Menschen gibt, die das können). Mein Anspruch an mich selbst ist, einem Kind die Aufmerksamkeit, Pflege und Förderung zukommen zu lassen, die es braucht. Und nach den ganzen Erlebnissen der letzten Jahre stellt sich mir die Frage, warum mein Vater eigentlich Kinder wollte.

Besonders bitter stößt mir in diesem Zusammenhang auch auf, wie gleichgültig mein Vater mit dem Geld anderer Menschen umgeht, in diesem Fall mit meinem. Sie erinnern sich an die Sache mit dem Businessplan? Mein Vater erwartete von mir für die Summe von 2500 Euro eine detaillierte Aufstellung darüber, wie ich das Geld auszugeben gedenke, ob ich wirklich alles durchdacht hätte. Und meine Anteile in Höhe von 75.000 Euro und mehr wurden einfach so einbehalten. Und er kommt noch nicht einmal auf die Idee, darüber Rechenschaft abzulegen. Er hatte beschlossen, wie er es verwenden wollte, das hatte keinen anderen mehr zu interessieren. Die ganzen Diskussionen über Geld, das mir eh nur geliehen und nicht geschenkt wurde, waren überhaupt nicht notwendig gewesen! Es war <u>mein</u> Geld, die ganze Zeit! Und ich hatte darauf vertraut (und musste es ja auch, denn wer kommt denn auf diese Idee?!), dass mein Vater schon recht hat. Und vor allem, dass er doch nichts tun würde, was mir schadete.

Die Erkenntnis, dass mein Vater mich finanziell ganz selbstverständlich be- und ausgenutzt hat, hat mir den Boden unter den Füßen weggerissen. Seitdem bin ich im Umgang mit dem Geld meines Mannes noch vorsichtiger und aufmerksamer. Es fällt mir schon schwer genug, dass ich mir häufig von ihm Geld nehmen muss, um mein Konto am Rande meines Dispokredits zu halten. Ich führe relativ genau Buch darüber, wie viel ich ihm schulde, damit ich es ihm eines Tages zurückzahlen kann. Die Vorstellung, es einfach zu nehmen und als selbstverständlich anzusehen, nur weil wir verheiratet sind, ist unerträglich für mich. Denn auch das hat mein Vater mir irgendwann mitgeteilt: Ich sei jetzt schließlich verheiratet, somit sei er nicht mehr für mich zuständig. Wir müssten endlich lernen, mit unseren Problemen selbst klarzukommen. Wir könnten nicht immer am Rockzipfel der Eltern hängen. Und das von einem Mann, den es seit meinem Umzug nach Darmstadt 1997 nicht mehr interessierte, wie ich meinen Lebensunterhalt bestritt!

Im Januar 2006 stellte mein Anwalt einen Mahnbescheid aus, da die Verzugszinsen der Unternehmensanteile seit 2002 immer noch nicht ausgezahlt waren. Immerhin noch einmal eine Summe von circa 11.000 Euro. Und jetzt endlich nahm sich auch mein Vater einen Rechtsbeistand. Der wiederum meinem Anwalt mit standesrechtlichen Konsequenzen drohte, da er meinen Vater angeblich verleumdete. Und, oh Wunder, dank dieses Rechtsbeistands erinnerte sich mein Vater auf einmal daran, dass ich ja gar nicht an der GmbH beteiligt war, sondern an einer Einzelgesellschaft, die auf den Namen meines Vaters lief. Und das fiel ihm erst jetzt ein? Und auf einmal tauchte auch ein Gesellschaftervertrag aus dem Jahr 1992 auf, schön auf dem Briefpapier meines Vaters, mit meiner Unterschrift, unterschrieben an meinem 18. Geburtstag. Eine Kopie dieses Vertrages habe ich nie bekommen. Ich habe auch keine Erinnerung mehr an diese Begebenheit. Das, was sich mir als offizielle Unterschrift eingeprägt hat, war meine Unterschrift auf dem Formular „Vermögensanmeldung". Ich muss Ihnen ganz ehrlich sagen: Als ich den Vertrag vor mir hatte, war ich auf einmal sehr erleichtert! Anscheinend hatte mein Vater nur darauf gewartet, dass ich geschäftsfähig wurde, um dieses für sich zu nutzen. Ich hatte von Anfang an keine Chance gehabt, gegen ihn anzukommen. Nicht umsonst wird mein Vater in seiner Stadt als Finanzgenie gehandelt. Man muss schon ein Genie sein, wenn man sich so einen Irrgarten ausdenken kann, in dem man der Einzige ist, der den Überblick darüber hat. Und als ich etwas länger darüber nachdachte, wurde mir dann auch klar, dass die Beschimpfungen und Probleme zwischen ihm und mir erst danach angefangen hatten. Anscheinend musste er mich klein halten, damit ich dieses Konstrukt nicht aufdeckte und meine Rechte einforderte. Und hatte ich zwei Tage vorher auch noch um unser Häuschen geweint und war verzweifelt, wie mein Vater sich über die Wünsche anderer Menschen einfach so hinwegsetzen kann, in diesem Moment war ich froh, dass wir uns dagegen entschieden hatten. Es hätte kein Ende genommen. Wer weiß, was mein Anwalt noch alles herausfinden würde. Denn die nächste Unstimmigkeit fand ich anhand dieses Vertrages dann selbst heraus: Die Gegenseite berief sich zwar darauf, dass mir die Rendite der stillen Beteiligung in monatlichen Raten auf das von mir angegebene Konto ausgezahlt worden waren, allerdings erst seit 1995. Der Vertrag begann aber schon 1992. Aber das Unglaublichste an dieser Situation ist eigentlich: Ich hatte den Vertrag im Juni 2005 angefordert! Mein Vater brauchte wirklich **sieben Monate** und dazu selbst noch einen Anwalt, um sich daran erinnern zu können, dass es diesen Vertrag gab, und ihn dann auch vorzulegen! Eine Tatsache, auf die mein Anwalt die Gegenseite auch hinwies: Dass man die ganze Angelegenheit deutlich schneller und angenehmer hätte lösen können, wenn mein Vater die Papiere sofort vorgelegt hätte. Und mir gegenüber sprach er es auch aus: „Dein Vater hat dich gelinkt!"

Der lange Weg zu mir selbst

Ja, ich bin irgendwann in Therapie gegangen. Aber erst Mitte 2006, als wir eine neue Wohnung gefunden hatten, unser Leben neu organisierten und sozusagen die Entspannungsphase eintrat. Bis dahin war der Begriff Therapie für mich stark negativ besetzt gewesen. Das war ja das, was mein Vater mir jahrelang eingebläut hatte: „Mach' eine Therapie, damit du dein Leben endlich in den Griff bekommst!" Somit war Therapie für mich gleichbedeutend mit meinem Vater zu Willen sein beziehungsweise mein Leben so zu ordnen, wie er es von mir erwartete. Da er mir auch häufig genug mitgeteilt hatte, dass ich psychisch genauso wenig belastbar wäre wie meine Mutter, kam eine Therapie sowieso nicht infrage. Diesen Sieg wollte ich ihm nicht gönnen.

Viele Menschen, sowohl Freunde als auch Bekannte und sogar Geschäftspartner, haben mir während der heißen Phase (womit ich die Jahre 2002 bis Anfang 2006 meine, als die Situation immer mehr eskalierte) zugehört und mich nach Kräften unterstützt, soweit sie es konnten. Denn allen, die nicht ähnliche Situationen erlebt haben, war gemein, dass sie (genau wie ich) fassungslos davor standen und sprachlos waren. Und extrem hilflos. Richtig helfen kann einem in dieser Situation keiner. Selbst der Partner kann nur zuhören und versuchen, Halt zu geben, damit man nicht zu sehr verzweifelt. Aber jeder in meinem Freundes- und Bekanntenkreis, der mir zugehört und sich nicht von mir abgewendet hat, hatte Anteil daran, dass ich einigermaßen gesund aus diesem Prozess hervorgegangen bin. Die Narben, die ich habe, werden erst jetzt, in meinem neuen Leben sichtbar. Und es wird immer deutlicher, wie sehr sie mich hemmen, zum Beispiel in der Entscheidung selbst eine Familie zu gründen. Aber sie tun mit der Zeit weniger weh. Ich lerne, mit ihnen umzugehen. Ich gehe davon aus, dass ich sie immer spüren werde. Meine Aufgabe ist es, sie nicht mehr übermächtig werden zu lassen, damit ich mein Leben bewältigen kann. Das gelingt immer besser. Und vielleicht spüre ich sie eines Tages nicht mehr. Das würde mich sehr freuen.

Ein extrem wichtiger Mensch unter den ganz vielen, ohne dessen Unterstützung ich aufgegeben hätte, war mein Anwalt. Er war mein Fels in der Brandung. Ohne ihn und sein Zureden, wenn mich die Panik und meine antrainierten Verhaltensweisen wieder heimsuchten, hätte ich den Kampf gegen meinen Vater nicht aufgenommen und hätte ihn auch auf keinen Fall durchgehalten. Er hat aus den wenigen Informationen, die ich hatte, Licht ins für mich völlig Dunkel gebracht. Und auch, wenn er immer wieder betont hat, dass er nur seinen Job mache, war es für mich deutlich mehr. Immer, wenn er aus meinen E-Mails herausgelesen hat, dass sich meine Kraft durchzuhalten dem Ende näherte, rief er an und sprach mir Mut zu. Dass wir es schaffen würden. Dass ich nicht den Glauben verlieren dürfte. Dass wir auf dem richtigen Weg wären. Er ist mein Held. Ohne ihn wäre es nicht gegangen. Danke Andreas!

Der Moment, in dem mir das erste Mal der Verdacht kam, dass das alles vielleicht doch nicht so normal war, was in unserer Familie passierte, war, als mein Vater direkt nach seinem Urlaub alles, was ich an häuslicher Versorgung für meine Großmutter organisiert hatte, absagte. Das wäre alles nicht nötig, ich hätte überreagiert! Das war im Januar 2003 und ich war 28 Jahre alt.
Allein die Tatsache, dass mein Vater unbedingt in den Urlaub fliegen musste, um das 9,99-Euro-Ticket nicht verfallen zu lassen, während die Situation der Unterbringung seiner über 90-jährigen Mutter absolut unklar war, konnte ich nicht

nachvollziehen. Ich bin zu Pflichtbewusstsein erzogen worden. Wenn etwas in der Familie geschehen ist, lässt man gefälligst alles stehen und liegen und begibt sich auf den Weg. Auch wenn meine Eltern das bei mir nicht unbedingt gemacht haben, haben sie sich rührend um meine Großmutter mütterlicherseits gekümmert, und von mir wurde es natürlich erwartet. Und als meine Omi (vermutlich um) 1999 stürzte und sich ihre Hand brach, nahm ich mir frei und kümmerte mich um alles, damit meine Eltern ihren Urlaub nicht abbrechen mussten, was sie auch sofort gemacht hätten. Und bei seiner eigenen Mutter wurden andere Maßstäbe angesetzt?

Ich habe Doris angerufen, weil ich das Gefühl hatte, sie könnte mir erklären, was da gerade passierte. Ich habe es nicht verstanden. Doris und ich haben uns 2000 beruflich kennen- und dann privat schätzen gelernt. Wir sehen uns sehr selten, aber es ist immer so, als ob wir uns erst gestern das letzte Mal gesehen hätten. Und ihre Reaktion auf meine Geschichte war: „Viktoria, weißt du wirklich nicht, was da passiert? Das ist Macht! Er will die Kontrolle über dich nicht verlieren!" Eigentlich hat Doris den Stein ins Rollen gebracht über mich nachzudenken, Verhaltensweisen von mir zu hinterfragen und gegen eingefahrene Muster vorzugehen. Und sie hatte immer, wenn ich mich wieder an sie gewandt habe, den richtigen Gedanken parat, der mich wieder ein Stückchen weiter nach vorne gebracht hat. Sie hat die Idee zu diesem Buch sehr unterstützt, als Teil meines Entwicklungsprozesses, aber auch als Chance für andere Betroffene.

Doris ist einer der ganz, ganz wenigen Menschen, mit der ich absolut offen über wirklich alles sprechen kann, und bei der ich weiß, dass sie mich nicht für Handlungsweisen oder Entscheidungen verurteilt, die nicht in ihr Wertesystem hineinpassen. Nach wie vor ist sie ein wichtiger Ratgeber und Reflektor, wenn ich meine Narben zu deutlich spüre und zu viel Angst vor der Zukunft habe.

Das erste Mal nahm ich psychologische Hilfe am 02. Februar 2005 in Anspruch. Dieser Schritt ist mir nicht leicht gefallen. Ich habe es als Versagenseingeständnis empfunden, dass ich mit meinen Problemen nicht selbst zurechtkam, dass ich mir Hilfe holen musste, um mit meinem Leben klarzukommen.

Auslöser zu erkennen, dass ich dringend Hilfe brauchte, war ein Fax meines Vaters, in dem er Architekt Nr. 2 mitteilte, dass er ab sofort die Arbeit niederlegen solle, und dass jetzt Architekt Nr. 3 (350 Kilometer von der Baustelle entfernt) die Arbeit aufnehmen würde. Und dass er so viel Unprofessionalität in seinem ganzen Berufsleben, während dessen er einige (Kranken-)Häuser gebaut hatte, noch nie erlebt hätte. Und der Auslöser für dieses Fax war: Mein Vater hatte seinen Besuch angekündigt, damit er dem Finanzamt Fahrtkosten vorweisen konnte, um zu zeigen, dass er sich um den Fortgang der Baustelle kümmerte. Denn das Finanzamt erkannte nach drei Jahren (logischerweise) keine Vermietungsabsicht. Mein Vater rief also Freitagabend auf der Mobilnummer meines Mannes an und hinterließ als Nachricht ein: „Dann bis morgen auf der Baustelle!" Eine Zeit dazu hat er allerdings nicht genannt, weder bei meinem Mann noch bei dem Architekten. Somit fand er sich mittags allein auf der Baustelle wieder, was er nicht wirklich witzig fand. (Mein Mann war am Tag vorher gerade aus Amerika zurückgekommen und befand sich mittags mitten im Jetlag. Wobei er sich natürlich aus dem Bett gequält hätte, wenn er eine Zeit gewusst hätte.) Aber mein Vater musste auch nicht noch einmal anrufen, um zu hören, ob mein Mann den Termin eventuell vergessen hätte (wir wohnten fünf Autominuten von der Baustelle entfernt!). Nein, die nächste Reaktion war also das Fax. Ich habe die ganze Nacht geheult. Und am nächsten Morgen haben wir es dann endlich einmal laut ausgesprochen: Wir müssen da nicht einziehen! Bis Plan B geboren wurde und wir auch endlich die Möglichkeit in Betracht zogen, das Haus und die ganze liebevolle Arbeit, die wir dort hineingesteckt hatten, aufzugeben, dauerte es zwar immer noch fast ein Jahr, aber in diesem Moment war es der erste Schritt des sich Bewusstwerdens, dass wir nicht von meinem Vater abhängig waren.

Ich besorgte ich mir einen Termin bei meinem Coach. Wir kennen uns seit Ende 2001 und er hat meine (berufliche wie persönliche) Selbstständigkeit seitdem begleitet. Gefunden hatte ich ihn im Telefonbuch, als ich jemanden suchte, der mich berät, welche Schritte ich unternehmen muss, um bestmöglich vorbereitet ins unabhängige Berufsleben zu starten. Er bestand damals auf seinem normalen Einführungsgespräch, um sich ein besseres Bild von mir machen zu können, und relativ spontan antwortete ich auf ungefähr jede zweite Frage: „Mein Vater!" Während dieses Gesprächs wurde mir zum allerersten Mal bewusst, welche dominante Rolle mein Vater in meinem Leben spielte. Es war einfach zu offensichtlich. Ich habe viel von meinem Coach gelernt, und wenn wir uns sehen, ist sein Stolz auf mich und meine Fortschritte deutlich sichtbar.

Wichtig war mir in diesem Moment, eine männliche Sichtweise zu erhalten, um darüber eine Rückmeldung zu bekommen, ob ich im Leben stehe oder ob doch mein Vater recht hatte. Vielleicht war ich ja wirklich zu nichts zu gebrauchen und machte alles falsch. Zur Einführung erzählte ich meinem Coach drei sehr typische Verhaltensmuster meines Vaters. Und als ich ihn tief Luft holen hörte, war ich erst einmal beruhigt. Es lag also anscheinend doch nicht an mir. Und dann erzählte ich ihm die letzten eineinhalb Jahre, seit dem Moment, als ich meine Oma im Krankenhaus besucht hatte. Die erste Reaktion meines Coaches war: „Liebe Frau Schuhmacher, ist Ihnen eigentlich bewusst, dass Sie damals dringend in ein Krankenhaus gehört hätten?! Sie standen kurz davor, in eine Psychose abzugleiten!" Ich? Psychose? Niemals! Psychosen sind was für die anderen, die ihr Leben nicht im Griff haben. Aber ich bin doch stark! Und das bisschen Pillepalle mit meinem Vater … Mein Gott, das ist halt mein Vater, so ist er halt. Nein, nein, wenn ich mich zusammenreiße, dann klappt das auch alles wieder. Gut, ich denke Sie merken, dass mich diese Eröffnung doch etwas mitgenommen hat. Ich bin nach zwei Stunden innerlich sehr, sehr ruhig aus diesem Gespräch gegangen, mit dem starken Gefühl, dass sich jetzt alles ordnen würde.

Und abends fiel dann irgendwie der Startschuss für meinen Job. Es begann das für mich bisher wohl aufregendste, spannendste und anstrengendste Jahr meines Lebens. Auf einmal brummte der Bär! Bis Ende April war ich nur noch unterwegs, hatte dauernd Termine, hatte viele, viele neue Ideen, habe Energien freigesetzt und extrem gute Laune gehabt, sodass ich mir selbst schon unheimlich war. Freunde von außerhalb mussten tagelang auf einen Rückruf warten, sodass sie schon anfingen, sich Sorgen zu machen. Ende April war ich völlig ausgepumpt und habe mir sehnlichst wieder etwas Negatives gewünscht, denn das war ich gewohnt, damit kam ich klar. Das alles hat mich völlig überfordert. Und als dann endlich wieder etwas nicht so Schönes passierte, bin ich auch deutlich ruhiger geworden. Als dann die zweite positive Welle ab August einsetzte, kam ich damit schon besser klar und konnte mich auch mehr darüber freuen und es mehr genießen. Im September hatte ich dann allerdings den dringenden Wunsch, dass jetzt doch bitte Silvester sein sollte. Ich hatte genug für ein Jahr erlebt, mehr musste nicht sein.

Es gab noch einen zweiten Termin Anfang November 2005, der wieder dazu da war, meine Selbstwahrnehmung zu revidieren. Ich wusste, dass ich viel erlebt hatte, dass ich eigentlich ein tolles Jahr hatte, aber die Probleme und Beschimpfungen, die mein Vater mir regelmäßig per Mail zukommen ließ, waren einfach zu übermächtig. Ich hatte das Gefühl, dass sich die Tage wie Klebstoff dahinzogen. Es kam mir vor, als wäre ich in einem Film, in dem der Drehbuchautor sich sehr viel Mühe gegeben hatte, den Charakter meines Vaters ausgefeilt, in allen Feinheiten, darzustellen. Nur leider konnte ich den Film nicht abstellen. Und nach wie vor habe ich mich gegen die Möglichkeit einer Therapie gewehrt. Das wird jetzt durchgehalten! Die Blöße gebe ich mir nicht, dass mein Vater hinterher doch sagen kann: „Siehst du, ich hatte recht! Du bist nicht belastbar! Das hättest du mir schon früher glauben können!"

Im November 2005 wurde mir dann auch klar, dass ich durch meinen Widerstand meinem Vater gegenüber meine Beziehung gefährdete. Mein Mann und ich versuchten nach wie vor qualitativ hochwertige Arbeit in unserem Traumhaus zu leisten, versuchten unseren Traum nicht infrage zu stellen, und, viel schlimmer noch, arrangierten uns weiterhin mit unserer Wohnsituation von 50qm in einer Dachwohnung, in die es regelmäßig hineinregnete. Es war alles so beengt. Schon jahrelang hatten wir keinen Besuch mehr, weil wir uns beide schämten, wie unordentlich es war, aber wir hatten keinen Platz. Unseren Tisch konnten wir nicht mehr benutzen, da auf ihm der ganze Papierkrieg für den Umbau lagerte. Tischersatz war mein Bett. Am Anfang, als Jens zu mir zog, hatte ich noch ein Schlafsofa, sodass wir die ganzen Unterlagen tagsüber dort wenigstens hinlegen konnten, um am Tisch sitzen zu können. Allerdings war es für Jens zu hart, sodass wir nach einem Jahr einen Lattenrost und eine Matratze für ihn kauften. Kein Bett, denn wir wollten ja in absehbarer Zeit ein großes Bett für uns beide. Und außerdem war auch kein Platz für ein großes Bett. Somit schlief Jens also auf dem Boden. Sein Kleiderschrank war ein großer Pappkarton. Vier Jahre haben wir so gelebt. Wenn wir das erzählten, mussten die Leute immer lachen. Und wahrscheinlich hat es uns keiner geglaubt. Somit musste dann auch dringend eine neue Wohnung her, als wir uns gegen das Haus entschieden und unser Ziel weg war. Es ging einfach nicht mehr.

Die ganze Zeit über war Durchhalten angesagt. Und uns beiden war bewusst, dass wir gerade auch die Wohnsituation nur deshalb akzeptiert und ausgehalten haben, weil wir eine Wochenendbeziehung führen. Während der Woche ist Jens unterwegs. Hatte er Urlaub und war zu Hause, und gab es somit mehr dreckiges Geschirr und dreckige Wäsche, kam es regelmäßig zu Spannungen. Wobei wir uns nie lautstark gestritten haben.

Die ganze Zeit haben wir an unsere Beziehung und an unser Ziel geglaubt. Unser Häuschen, in dem wir eine Familie gründen wollten. Wir wussten die ganze Zeit, dass die Spannungen von außen an uns herangetragen wurden. Wir sahen ja beim Umbau, dass wir ein gutes Team waren und gut zusammenarbeiteten. Der Punkt, als mir klar wurde, dass ich meine Beziehung gefährdete, war in dem Moment, als mein Vater versuchte uns zu erpressen. Dass er das Haus dann eben nicht an uns vermieten würde, wenn wir nicht so spurten, wie er es gerne hätte. Da war für mich klar: Entweder ich gebe meinen Traum auf oder mich! Jens war zwei Monate später an diesem Punkt. Hätte Jens darauf bestanden, dass das Haus nicht aufgegeben wird, weil wir da so viel Arbeit hineingesteckt hatten, wäre unsere Beziehung sicher über kurz oder lang zu Ende gewesen.

Was ich während der Zeit deutlich vermisst habe, war, dass Jens meinem Vater einmal kämpferisch gegenübertritt und ihm die Grenzen aufzeigt. Dass er der starke Partner ist, hinter dem ich mich verstecken kann. Das trat leider nie ein. Zum einen hat Jens es in seiner Familie nie gelernt, Verantwortung zu übernehmen. (Auch er bekommt in seiner Familie nicht wirklich Rückendeckung oder Anerkennung. Auch da passieren Dinge im Familiengefüge, die mich sehr traurig machen und die ich sehr bedenklich finde. Das ist vielleicht der Grund, weshalb unser Wir-Gefühl sehr stark ist.) Das kommt erst sehr, sehr langsam und ist jetzt, wo wir wirklich in unserem eigenen Haus wohnen und unser Leben leben, deutlich besser geworden. Zum anderen hat er emotional auch nicht verstanden, was ich gebraucht beziehungsweise mir von ihm gewünscht und erwartet habe. Für ihn war es wichtig, dass er den Umbau in seinem Tempo mit seinen Qualitätsansprüchen umsetzen konnte und dass ihm kein Handwerker hineinpfuscht, dessen Fehler er eventuell hinterher noch beheben muss. Und dieses Ziel hat er bis zum Januar 2006 auch immer erreicht. Ansonsten haben ihn die Profilierungstiraden meines

Vaters eher genervt und er hat sich bemüht, diesen so weit es geht, zu ignorieren. Dass ich mich dabei sehr einsam gefühlt habe, hat er nicht verstanden.

Jens versteht vieles nicht, was emotional in mir vor sich geht. Er versucht es nachzuvollziehen, wenn ich es ihm erkläre, aber ich muss dafür technische Beispiele suchen, damit er eine Idee davon bekommt, was ich meine. Wir haben inzwischen gelernt, aufeinander achtzugeben. Ich denke, unser Geheimnis ist, dass wir jeweils den anderen in seinem Leben unterstützen, wo es nur geht, damit es ihm gut geht, und versuchen ihn so zu lassen, wie er ist. Wir sind Einzelkämpfer, die eine gemeinsame Basis haben, und die verteidigen wir. Beide können wir uns keine klassische Beziehung vorstellen, in der der Mann morgens zur Arbeit fährt und nachmittags 16 Uhr zu Hause ist und Kinderprogramm veranstaltet. Wenn Jens Urlaub hat, genießen wir die gemeinsame Zeit sehr. Aber nach spätestens drei Wochen merken wir beide, dass jeder wieder seinen eigenen Alltag braucht. Ich kann heute, mit der Erfahrung der letzten Jahre, genau sagen, warum ich mir einen Partner wie Jens gesucht habe. Unsere Hochzeit stand unter dem Motto Glück: Es ist wichtig, dass wir glücklich sind! Ich bin froh, dass es ihn in meinem Leben gibt! Ohne ihn wäre alles viel, viel schwieriger. Ohne ihn wäre ich nicht in der Lage, mein Leben zu leben. Er gibt mir die Ruhe, die ich brauche, um mein Leben bewerkstelligen zu können.

Der Mensch, der es geschafft hat, dass ich mir eingestehen konnte, dass ich Hilfe brauche, ist Marc. Wir hatten während der wirklich heißen Phase (das war der Zeitraum Mitte 2004, die letzte Auseinandersetzung mit meinem Vater, bis Anfang 2006, als Jens und ich uns gegen das Haus entschieden) keinen Kontakt miteinander. Das war gut so. Ich hätte es emotional überhaupt nicht verkraften können, auch noch meine Gefühle für Marc in diesem ganzen Wust zu ordnen. Aber er war die ganze Zeit innerlich dabei. Ohne ihn in meinem Leben hätte ich aufgegeben. Seitdem unser Kontakt brüchiger geworden ist, habe ich immer gesagt, Marc ist der wichtigste Mensch in meinem Leben. Erst die Therapie hat zum Vorschein gebracht, wie wichtig er wirklich ist.

Kennengelernt haben Marc und ich uns in der 12. Klasse, als wir denselben Leistungskurs gewählt hatten. Ich habe mich irgendwann gefragt, wie es eigentlich zu unserer Freundschaft gekommen ist. Wir sind so unterschiedlich, wir passen eigentlich gar nicht zusammen. Begonnen haben muss es mit dem Tag, als ich innerhalb von zwei Stunden dreimal heftiges Nasenbluten hatte und irgendwann ziemlich blass gewesen sein muss, sodass unser Tutor Marc beauftragte, mich nach Hause zu fahren. Das muss der Startschuss gewesen sein. Ich vermute, dass ich damals seinen Beschützerinstinkt geweckt habe. Er ist jedenfalls die Beschützerfigur in meinem Leben.

Kurz bevor wir die Schule verließen, beschwerte sich unser Tutor lachend, wie sehr ich mich doch in den zwei Jahren Oberstufe verändert hätte: Von dem schüchternen Mädchen, das kaum die Zähne auseinander bekam, zu der vorlauten Göre, die auf alles die passende Antwort parat hatte. Als ich auf Marc deutete, dass er schuld daran wäre, erwiderte dieser recht trocken: „Ich habe dich zu einem mündigen Bürger dieser Gesellschaft erzogen!" Heute weiß ich, dass er recht hatte. Ohne ihn hätte ich nie der Mensch werden können, der ich heute bin. Er war der Erste, der es mir ermöglicht hat, Selbstbewusstsein zu entwickeln. Der mich bedingungslos akzeptiert hat und der nicht versucht hat, mich zu verbessern. Er hat mich gelehrt, an mich selbst zu glauben.

Wir waren nie verliebt ineinander, was unsere Mütter beide damals ziemlich bedauerten. Aber wir hatten von Anfang an sehr tiefes Vertrauen zueinander, sodass wir wirklich über alles miteinander reden konnten. Wenn es dem einen schlecht ging, war der andere zur Stelle. Egal, wie viele Kilometer dazwischen lagen. Unser Kontakt bröckelte, als wir beide unsere Ehepartner kennenlernten. Ich habe sehr darunter gelitten, und ich habe ihm auch ein paar Mal (bewusst oder unbewusst) wehgetan, weil ich nicht verstanden habe, wieso ich auf einmal an zweiter Stelle stand. Heute würde ich es gelassener angehen. Aber so ganz brach der Kontakt dann doch nicht ab. Und irgendwann stellten wir fest (allerdings jeder für sich), dass die freundschaftlichen Gefühle wohl doch mehr als rein freundschaftlich waren. Seitdem versuchen wir es irgendwie aufzuarbeiten, was aber immer längere Kontaktpausen mit sich bringt, da es uns beide überfordert.

Weihnachten 2005 habe ich ihm einen langen Brief geschrieben und ihm erzählt, was das Jahr über bei mir passiert war. Ich war so ausgepumpt, ich hatte keine Energie mehr für irgendetwas. Aber ich wollte, dass er wusste, was alles vorgefallen war. Ich habe mich in den Monaten innerlich an Marc geklammert. Je heftiger die Attacken meines Vaters wurden, desto stärker habe ich mir vorgebetet: Marc würde dir sagen, dass das nicht stimmt! Alles, was dein Vater versucht dir zu vermitteln, ist nicht wahr! Ich habe mir das jeden Tag vorgebetet. Nur dadurch habe ich durchgehalten. Hätte ich aufgegeben und mich so gedreht, wie es mein Vater von mir haben wollte, wäre Marc von mir extrem enttäuscht gewesen. Ihn wollte ich auf keinen Fall enttäuschen! In meinem Brief habe ich mich auch für ein paar Sachen entschuldigt, die mir schon seit Jahren auf der Seele lagen. Ich hätte sie ihm gerne persönlich gesagt, aber wir hatten uns schon so lange nicht mehr gesehen. Es war fraglich, ob wir uns jemals wiedersehen würden. Aber ich wollte, dass er bestimmte Dinge wusste, weshalb ich so gehandelt hatte. Zu meinem Geburtstag 2006 kam auf einmal eine E-Mail von ihm. Und ich habe mit einer ausgewachsenen Panikattacke reagiert. Ich konnte nicht mehr aufhören zu heulen, hatte Schüttelfrost, mir war schlecht … Ich war zum allerersten Mal so weit, dass ich mir selbst eingestehen konnte: Ich kann nicht mehr! Ich gehe zum Arzt und lasse mir etwas verschreiben! Und auf der anderen Seite wusste ich, dass das der falsche Weg war. Ich würde Marc ohne zu Zögern mein Leben anvertrauen. Wenn ich jetzt Angst vor ihm hatte, Angst davor hatte, was bei uns alles hochkommen könnte, dann lief etwas gehörig schief in meinem Leben! Drei Wochen später hatte ich meine erste Therapiesitzung.

Danke, Waldemar, dass Du mein Freund bist! Du hast mir in einer Zeit, als ich dachte, dass meine Welt in Ordnung ist, einen Maßstab gegeben, an dem ich mich festhalten konnte, als sie auseinanderbrach. Danke, danke, danke!

Interessanterweise bekam ich von den Menschen beziehungsweise Frauen, die eine ähnliche Vater-Geschichte wie ich erlebt haben, die wenigste Unterstützung, was mich zwischendurch sehr schockiert hat. Das ging von: „Du weißt doch, wie er ist. Warum regst du dich auf?“, über, „ich bin auch streng erzogen worden. Stell' dich nicht so an!“, bis hin zu, „stell' das nicht so dramatisch dar. So schlimm kann es gar nicht sein!“ Ich habe zu diesen Personen auch keinen oder nur noch sehr dürftigen Kontakt. Was hat sie zu solchen Aussagen veranlasst? Ich kann es mir nur so erklären, dass sie in mir vielleicht das sahen, was sie selbst nicht geschafft haben, beziehungsweise was sie sich selbst nicht getraut haben: Den absoluten Bruch mit den Eltern, um das eigene Leben aufbauen und leben zu können. Auch ich höre zwischendurch das Stimmchen in meinem Kopf, das mir versucht einzuflüstern, dass ich undankbar bin, dass ich mich mehr hätte bemühen müssen, dass ich selbst die Schuld daran trage, dass ich keine Familie mehr habe und mich allein auf der Welt fühle. Ja, ich fühle mich allein. Aber heute, auch durch die Therapie, weiß ich, dass ich nie eine Familie hatte und dass ich immer allein war. Das passende Gefühl dazu hatte ich schon vorher, aber ich habe nie verstanden, was es bedeutet.

Und wie geht es mir heute? Ich weiß, dass ich auf die Person, die ich heute bin, stolz sein sollte. Ich weiß, dass ich viel erreicht habe und dass es ein großer Kraftakt war, zu dem Menschen zu werden, der ich heute bin. Ich habe das geschafft, was meine Eltern bisher nicht geschafft haben: Ich habe mich zur Wehr gesetzt, bin meinen eigenen Weg gegangen und habe in Kauf genommen, dass er schwierig ist. Aber in dem vollen Bewusstsein, dass es für mich keine adäquate Alternative gab. Und eigentlich, ganz tief in mir drin, bin ich auch stolz auf mich, denn ich weiß, ich habe Einzigartiges geleistet. Aber ich bin einfach nur müde und wahnsinnig ausgepumpt. Ich kann inzwischen nachvollziehen, warum Menschen drogensüchtig werden. Auch bei mir war der Wunsch, nichts mehr fühlen und wahrnehmen zu müssen, zwischendurch übermächtig. Ich will einfach nur meine Ruhe und mein Leben mit meinem Mann neu ordnen und es genießen können. Wenn Sie mich kennenlernten, würden Sie mich als engagierte junge Frau wahrnehmen, die weiß, was sie will, und die ihren Weg verfolgt. Die offensichtliche Fehler ohne Rücksicht auf Verluste anspricht und ihre Meinung vertritt, auch wenn sie damit allein auf weiter Flur sein sollte. Eine Frau, die sich sehr stark für soziale Gerechtigkeit einsetzt, und die versucht, ihre Umgebung dahingehend zu beeinflussen, stärker hinzuhören und genauer wahrzunehmen, was in den Menschen vor sich geht. Jeder von uns kann das Leben eines anderen Menschen positiv beeinflussen, und sei es nur dadurch, ihm vielleicht zehn Minuten aufmerksam zuzuhören.

Ich organisiere für pflegebedürftige Menschen die häusliche Versorgung. Ich berate Familien, welche formalen Schritte sie in Bezug auf die häusliche Versorgung gehen müssen. Ich biete Seminare für Fachpersonal an zum Thema Kommunikation mit Angehörigen, und für pflegende Angehörige Supervisionsgruppen, um mit ihnen gemeinsam Problemkonstellationen innerhalb der Familie zu bearbeiten. Um ihnen dadurch den Rücken zu stärken, dass sie sich nicht alles an verbaler Gewalt gefallen lassen müssen. Dass sie ein Recht darauf haben, sich ihre Auszeiten zu nehmen, und dieses auch vor niemandem rechtfertigen müssen. Meine Kunden schätzen an mir, dass ich für fast jedes Problem relativ schnell eine Lösung anbieten kann. Sie schätzen mein Einfühlungsvermögen im Umgang mit älteren Menschen und meine Gabe, Dinge im Gespräch schnell herauszuhören und anzusprechen. Ich bin teuer, aber ich bin das Geld wert, jeden einzelnen Cent.

Und wenn ich zu Hause bin und die Tür hinter mir schließe? Es ist schon deutlich besser geworden, aber grundsätzlich muss mein Mann mir relativ häufig sagen, dass ich nicht alles falsch mache, dass es doch ein paar Menschen gibt, die mich mögen, genau so, wie ich bin. Mein Selbstwertgefühl ist absolut am Boden. Immer ist da das kleine Stimmchen, das mir einflüstert, dass ich mir das alles einbilde, die Leute wären nur freundlich zu mir, um mich schnell loszuwerden, dass ich eh nichts kann. Wenn mir jemand sagt, wie toll er mich findet, dass er mich als Vorbild hat, weil ich meinen ganz eigenen Weg gefunden habe, mein Leben zu meistern, kann ich nicht glauben, dass dieser Mensch wirklich mich meint. Als mir eine sehr gute Freundin dazu gratulierte, dass ich endlich beschlossen hatte, mich zur Wehr zu setzen und mir einen Anwalt zu nehmen, bin ich in Tränen ausgebrochen. Wie krank muss ich sein, wenn ich gegen meinen Vater juristisch vorgehe, und dafür in Kauf nehme, dass meine Mutter dabei auf der Strecke bleibt?! Dass ich ein Opfer von psychischer Gewalt geworden bin, kann ich mir immer noch nicht eingestehen oder es laut sagen, denn: Ich bin ja nicht geschlagen worden, also war das alles nicht so schlimm! Immerhin weiß ich inzwischen, dass das, was derzeit alles passiert, nur die logische Schlussfolgerung meines Lebens ist, das i-Tüpfelchen sozusagen. Der letzte Rest, der bewältigt werden muss. Der größte Teil ist schon deutlich früher passiert. Und somit kann ich mir auch gestatten, dass es richtig ist, was ich tue. Vieles in meiner Familie wäre anders gelaufen, wenn mein Vater nicht immer nur an sich gedacht hätte. Und ich in meiner Rolle als Kind habe definitiv genug getan, sogar deutlich mehr, als es meine Aufgabe war. Jetzt sollen sich andere darum kümmern, die Familie zusammenzuhalten. Vielleicht ja mal der Mensch, der der Dreh- und Angelpunkt in dieser ganzen Konstellation ist?! Inzwischen lerne ich fechten. Ich habe den dringenden Wunsch, sowohl taktisch angreifen als auch mich verteidigen zu können, und das auf einem gehobenen Niveau. Nach Regeln, an die sich alle halten! Und hier kann ich es akzeptieren, dass mir die Menschen in meiner Umgebung dazu gratulieren.

Und wie geht es Ihnen jetzt, nachdem Sie das alles gelesen haben? Nachdem sowohl mein Mann als auch Marc die ersten Absätze gelesen hatten, äußerten beide (unabhängig voneinander): „Schwere Lektüre!", beziehungsweise: „Starker Tobak!" Beide haben einzelne Situationen miterlebt, kannten somit das, was sie gelesen haben, dennoch hat es ihnen arg zugesetzt. Marc hat sich sogar bei mir entschuldigt, dass er nicht immer für mich da gewesen ist. Ich bin fast vom Stuhl gefallen, als ich das gelesen habe! Er ist Polizist, er sieht jeden Tag viel Elend. Wenn es ihn berührt, dann muss es schlimm sein. Es war ein sehr schmerzhafter Prozess, alles einmal geordnet und halbwegs ausführlich aufzuschreiben. Grundsätzlich war mir alles, was Sie gelesen haben, innerlich bewusst, es ist ja mein Leben. Aber es schwarz auf weiß zu sehen, macht es doch sehr endgültig. Denn: In meinen Tagebüchern werden Sie kein einziges Wort über das alles finden! Natürlich stehen auch negative Dinge in meinen Tagebüchern. Aber anscheinend wollte ich mich später nicht bewusst an diesen Teil meines Lebens erinnern müssen. Oder es war einfach so normal für mich, dass ich es nicht als aufschreibenswert erachtet habe. Ist doch mein Vater, so ist er halt … Umso mehr habe ich während des Schreibens gemerkt, wie wichtig es für mich ist, es wirklich einmal in Schriftform zu bringen, um mir vielleicht auch selbst im Nachhinein gestatten zu können, dass ich den richtigen Weg gegangen bin. Fakt ist, dass ich Angst habe. Ich bin Anfang 30 und habe Angst vor den Launen meines Vaters! Und nicht nur ich habe Angst, meine Mutter genauso. Wenn man mit ihr telefoniert, kann man ihrer Stimme sehr deutlich anhören, ob mein Vater in der Wohnung ist oder nicht. Wenn ich in der Stadt bin, in der meine Eltern wohnen, schlafe ich in einem Hotel am Stadtrand. Wenn ich in die Innenstadt muss (dort bin ich aufgewachsen, somit ist dort auch mein Bezugspunkt), überlege ich mir vorher, wo ich parke und welche Wege ich gehe, nur um nicht in den unmittelbaren Radius meines Elternhauses zu kommen. Es ist die einzige Möglichkeit, die mir bleibt, um mein Leben überhaupt noch leben zu können. Ich bin absolut am Ende meiner Kraft, und gleichzeitig bin ich unendlich dankbar dafür, dass ich endlich wieder positive Gefühle wahrnehmen kann. Und jetzt, wo ich es selbst lesen kann, wird mir langsam auch klar, warum die Menschen um mich herum immer sehr verstört reagieren, wenn ich ihnen meine Geschichte erzähle. Es ist wirklich unfassbar, was da passiert ist. Aber ich habe die Hoffnung, dass es jetzt abgeschlossen ist, und dass ich vielleicht jetzt die Chance auf ein normales Leben habe, das etwas leichter läuft. Und dass ich mir vielleicht jetzt den Traum von Familie erfüllen kann, so wie ich ihn träume.

Monika Wetterauer-Kopka

Reflexion über das Erlebte Ablauf und Auswirkungen familiären Mobbings

Eine Buchreise beginnt

Im Spätherbst 2003 lernte ich Viktoria Schuhmacher als Leiterin eines Workshops zum Thema „Einführung ins Casemanagement" kennen. Sie hat das Thema sehr kompetent, engagiert und souverän mit den Teilnehmern erarbeitet und diskutiert – das Feedback durch die Teilnehmer war sehr positiv.

Auf meinem Heimweg hat mich der Mensch Viktoria noch sehr lange beschäftigt. Ihre Souveränität im Umgang mit dem Thema und den teilweise sehr kritischen Teilnehmern hatte mich stark beeindruckt. Und dennoch ahnte ich in wenigen Momenten eine gewisse Unsicherheit, Zurückhaltung und Distanz wahrgenommen zu haben, die ich als Bruch in der Gesamtpersönlichkeit empfand. Ich konnte mir das nicht erklären.

Da wir uns damals beide in einem Wirtschaftsverband junger Unternehmer engagierten, haben wir uns bei diversen Veranstaltungen wieder getroffen – aus diesen Treffen resultierten Verabredungen im privaten Rahmen. Im weiteren Verlauf unseres Kennenlernens erzählte sie häufig von den damals aktuellen massiven Schwierigkeiten mit ihrem Vater (sie befand sich gerade in der Hausbau-Phase), ihren Familienerlebnissen in der Kindheit und als junge Erwachsene. Die Aufdeckung der Steuerbetrugs-Geschichte konnte ich beinahe live miterleben.

Die von ihr geschilderten Ereignisse haben mich immer wieder aufs Neue fassungslos gemacht. Natürlich hörte ich in meinem Umkreis oder in den Medien immer mal wieder von schwierigen, problembeladenen Eltern-Kind-Verhältnissen, doch der sehr hohe Grad der Heftigkeit der Schilderungen von Viktoria hatte nach meinem Empfinden wenig mit den klassischen Eltern-Kind-Problemen gemeinsam. Was hier geschah, war mehr und der von Viktoria angeregte Vergleich mit Mobbing erschien mir spontan als sehr treffend.

Dieser Begriff war zur damaligen Zeit (um das Jahr 2005) bislang eher in der Arbeitspsychologie als ein „... komplexes System seelischer Gewaltanwendung im Berufsalltag ..."[1] über einen längeren Zeitraum zu finden. Seelische Gewaltanwendung im familiären Umfeld!? Kann so etwas tatsächlich geschehen?

Sie als Leser haben in den beiden letzten Kapiteln zwei unterschiedliche Erfahrungsberichte von zwei betroffenen Frauen auf sich wirken lassen. Es ist der Wunsch der Herausgeberin, Sie damit nicht allein zu lassen. Getragen von diesem Gedanken kam Viktoria bereits vor einigen Jahren auf mich zu, sie bei der Erstellung eines ergänzenden Kapitels zu unterstützen.

In meinem Beruf coache, begleite und berate ich Menschen und Unternehmen in zum Teil langen und umfangreichen Veränderungsprozessen. Mein Schwerpunkt liegt eher auf persönlichen und beruflichen Themenstellungen zum Arbeitsleben, weniger im familiären Kontext. Andererseits bin ich dadurch schon häufiger mit Mobbing-Situationen konfrontiert worden. Zudem bin ich selbst Mutter.

Viktorias Anfrage empfand ich als spannende Herausforderung. Das Thema Mobbing aus einer anderen Perspektive als dem mir gewohnten Arbeitskontext zu beleuchten, reizte mich enorm. Die Kombination meiner Kompetenzen und Erfahrungen und unsere persönliche gemeinsame Vertrauensebene erschien uns als gute Basis für das nächste Kapitel.

Vor diesem Hintergrund ist das nachfolgende Kapitel **weniger als eine wissenschaftliche Ausarbeitung** zum Thema Mobbing in Familien zu betrachten, sondern es stellt eine **Re-**

---

1 aus: http://www.br-online.de/bayern2/gesundheitsgespraech/mobbing-DID1207208379576/gesundheitsgespraech-mobbing-ursachen-ID1207216791675.xml
Stand: 12. Juli 2011

flexion über das Erlebte und über die **Auswirkungen** auf das Leben der betroffenen Frauen dar. Es beruht zum größten Teil auf intensiven, vertrauensvollen Gesprächen und Workshops zwischen mir und Viktoria, die über eine lange Zeitstrecke von circa acht Jahren geführt wurden – ergänzt durch Beiträge von Anna, der zweiten Betroffenen.

Exkurs: Was ist eigentlich „Mobbing"?[2]

Der Begriff Mobbing stammt ursprünglich aus dem Bereich der Arbeitspsychologie und ist in den vergangenen Jahren auf weitere unterschiedliche Bereiche übertragen worden. Wir finden den Begriff mittlerweile im familiären Kontext, aber auch Bezeichnungen wie „Mobbing in der Schule" oder „Mobbing im Internet" sind häufig anzutreffen.

Weil viele über Mobbing reden, wird dieser Begriff inzwischen inflationär eingesetzt. Vor diesem Hintergrund erachte ich es als wichtig, den Begriff klar zu definieren und abzugrenzen. Ich verwende hierfür eine Beschreibung, wie sie im Arbeitskontext verwendet wird.

Mobbing ist

- *eine konfliktbelastete Kommunikation am Arbeitsplatz, unter Kollegen oder zwischen Vorgesetzten und Mitarbeitern.*
- *Dabei ist die angegriffene Person unterlegen.*
- *Sie wird von einer oder mehreren anderen Personen systematisch und während eines längeren Zeitraums direkt oder indirekt angegriffen.*
- *Ziel und Effekt der Angriffe ist die Ausgrenzung der betroffenen Person. Der Mobbing-Täter möchte den Betroffenen aus seinem persönlichen Wirkungskreis eliminieren!*

---

2 Quelle für weite Teile des Exkurses: http://www.mobbing-web.de/mobbing/mobbingamarbeitsplatz/wasistmobbingamarbeitsplatz.php Stand 08.06.2011

Das bedeutet auch, dass eine unverschämte oder flapsige Bemerkung, ein Streit zwischen Kollegen oder eine Schikane des Vorgesetzten nicht gleich als Mobbing bezeichnet werden kann und darf.

Am Anfang eines Mobbing-Prozesses steht ein zumeist sachlicher/fachlicher Konflikt. Im Verlauf des Mobbing-Prozesses tritt der ursprüngliche Konflikt immer mehr in den Hintergrund – aus sachlichen Konflikten wird eine persönliche Auseinandersetzung.

Aufgrund der Schikanen und des Psychoterrors, dem das Mobbing-Opfer über eine lange Zeit ausgesetzt ist, leiden die Betroffenen häufig an psychosomatischen oder seelischen Krankheiten. Weil sie den Zustand für sich nicht mehr ertragen können, endet das Arbeitsverhältnis häufig mit der Kündigung des Betroffenen.

Wegen der tiefliegenden Kränkungen und Erfahrungen erscheint ein Wiedereinstieg in das Berufsleben bei einem anderen Arbeitgeber zunächst als fast unmöglich – eine umfassende Therapie geht dem meist voraus.

Transfer zu Mobbing-Prozessen in der Familie

Wenn auch ein 100-prozentiger Vergleich auf die Entstehung und Auswirkungen des familiären Mobbings nicht möglich ist, sind dennoch mannigfaltige Hinweise aus den Erfahrungsberichten von Viktoria und Anna für den „Tatbestand" Mobbing gegeben.

Die regelmäßigen, über einen sehr langen Zeitraum extrem kränkenden Angriffe der jeweiligen Väter mit dem Grundtenor „Du bist eh unfähig!", oder, „Du bist dumm!", sind mit kontinuierlichem Psychoterror durchaus vergleichbar. Sie fühlten sich zu jeder Zeit den jeweiligen Vätern unterlegen – auch Viktoria, die zum Zeitpunkt ihrer Mobbing-Erfahrungen mit ihrem Vater eine junge Erwachsene gewesen ist und trotz aller bereits erreichten persönlichen Reife anfangs kaum in der Lage war, sich ihm zu widersetzen.

Auf die Auswirkungen familiären Mobbings auf das eigene Leben werde ich im weiteren Verlauf dieses Kapitels noch vertieft eingehen. Doch auch hier ist der Vergleich zum Arbeitskontext gegeben: Die grundlegende Einstellung zum Arbeits- beziehungsweise Familienleben ist aufgrund der persönlichen Erfahrungen eher negativ belastet, was wie ein Damokles-Schwert über der Gestaltung des eigenen Familienlebens liegt.

Ob die jeweiligen Väter ihre Töchter aus ihrem Lebens- und Wirkungskreis eliminieren wollten, können wir abschließend nicht eindeutig beantworten. Dennoch, der plötzliche Rausschmiss direkt nach Annas Volljährigkeit und die konsequente Entfernung ihrer persönlichen Gegenstände aus der elterlichen Wohnung, ungeachtet dessen, dass sie eigentlich noch ihr Abitur beenden wollte, ist ein Indiz für eine Parallele aus dem Arbeitskontext. Hinzu kommt, dass ihre Eltern sich nach ihrem Rausschmiss eine Geheimnummer zulegten, sodass Anna wenig Chancen hatte, an ihre Eltern heranzutreten.

Eine vergleichbare Gegebenheit gibt es in Viktorias Geschichte. Ihr Vater wollte auch ihre sämtlichen Sachen, die nach ihrem Auszug noch im Elternhaus geblieben waren, eliminieren, egal ob wir über ein Päckchen Müsli sprechen (Zitat Viktoria: „Das ist mein Lieblings-Müsli und ich wollte es bei meinen Eltern haben, wenn ich bei ihnen frühstücke.") oder ein Paar Schuhe oder Kleidungsstücke, die in der neuen kleineren Studentenwohnung noch keinen Platz gefunden hatten.

Im Arbeitsleben kann der Mobbing-Betroffene selbst unter wirtschaftlichen Einbußen das Arbeitsverhältnis beenden – er hat die Chance zu kündigen und damit, zumindest formal, einen endgültigen Schlussstrich zu ziehen. Dies ist bei einer verkorksten Eltern-Kind-Beziehung zwar theoretisch auch möglich, doch sowohl persönliche und gesellschaftliche Bedenken (ich kann mich doch nicht von meinen Eltern lossagen ...) als auch die Tatsache, dass die Rolle des Kindseins immer mit

Blutsverwandtschaft verbunden ist, lässt einen Schlussstrich dünner und damit weniger endgültig erscheinen.

Der Familienbegriff in den Augen der Opfer

Exkurs: Was sind eigentlich Familie und traditionelle Familienwerte?[3]

Hauptkennzeichen einer Familie ist das Zusammenleben von mindestens zwei Generationen – in der heutigen Zeit meistens Eltern (oder ein Teil davon) und deren Kinder. Sie bildet für das Kind von Beginn seines Lebens an die ersten Bezugspersonen und das erste soziale Netzwerk.

Die dabei gemachten Erfahrungen und Erlebnisse prägen junge Menschen ein Leben lang und sind somit entscheidend für die Entwicklung ihrer sozialen und fachlichen Kompetenzen und deren Handlungspotenziale im Leben.

Des Weiteren sorgt die Familie für die wirtschaftliche, materielle Versorgung wie Nahrung, Kleidung und Wohnraum.

In einer Umfrage der Internet-Community cosmiq.de aus dem Jahr 2009 nach „Traditionellen Familienwerten" sind unter anderem Begriffe wie Ehrlichkeit, Vertrauen, Verantwortung, Gemeinsamkeit, gegenseitige Unterstützung in guten und schwierigen Zeiten, wichtigster gesellschaftlicher Wert und Wertschätzung aufgezählt worden.

Der familiäre Zusammenhalt im Sinne von „füreinander einstehen" ist als eine der wichtigsten Grundfunktionen dabei genannt worden.

Begriffe und Beschreibungen, die als sehr positiv und warm umschrieben werden können.

---

3 Die folgenden Ausführungen resultieren aus Gesprächen mit der Herausgeberin und wurden ergänzt aus folgenden Quellen:
http://de.wikipedia.org/wiki/Familie,
http://www.cosmiq.de/qa/show/1663896/Was-sind-Traditionelle-Familienwerte/, http://www.gigerheimat.ch/Worte/swissfamily.html
Stand jeweils 04.08.2011

Übertragen auf die in diesem Buch vorliegenden Erlebnisberichte ist aufgrund der Erfahrungen und Erlebnisse aus der Kindheit bei beiden Betroffenen der Begriff der Familie nicht positiv belegt. Familie wird weder als ein Wert oder als etwas Wertvolles empfunden, noch bildet diese das positive emotionale Fundament für die eigene Entwicklung und Persönlichkeitsprägung.

Wärme, Geborgenheit, Respekt, „ein ruhiger Hafen" oder Zuflucht sind keine Stichworte, die für die Opfer mit dem Wort Familie assoziiert sind. Eher empfinden diese den Familienbegriff als Pflicht, Zustand, Angst und Druck – somit erhält dieser eine eher negative Prägung. Familie wird als Quelle eines großen Schmerzes im eigenen Leben empfunden. Ein Schmerz, der grundlos zugefügt wird und nicht als Bestrafung für irgendwelche Verfehlungen oder kindlichen Quatsch verstanden werden kann.

Die Erkenntnis darüber und das Gefühl, dass der elterliche Rückhalt eine Lüge war, hat Viktoria fast zusammenbrechen lassen. In unseren Gesprächen spricht sie von „... einem tiefen Fall", den sie durchlitten hat. Auslöser dafür ist der Erhalt des Vertrags über ihre Geschäftsanteile der väterlichen Firma durch ihren Anwalt. Sie erkennt darin, dass sie diesen genau an ihrem 18. Geburtstag unterschrieben hat. Als sie dies realisiert, überkommt sie eine große Ernüchterung. Sie fühlt sich vor den Kopf gestoßen: „Ich als Mensch Viktoria und Tochter meines Vaters habe ihn nicht wirklich interessiert. Ich habe das tiefe Gefühl in mir, lediglich eine Funktion gehabt zu haben – nämlich die Funktion, mit meiner Volljährigkeit seine finanziellen Machenschaften zu unterstützen, und mehr nicht!"

Die tiefe Enttäuschung über das, was ihr in ihrem Elternhaus widerfahren ist, macht keinen Halt hinsichtlich der Tatsache, dass die Hauptbelastungen in einem Alter und zu einem Zeitpunkt stattfanden, in dem sie schon längst ausgezogen war. Das Kind deiner Eltern bist du immer, egal ob du drei

Jahre oder 30 Jahre alt bist, Kind sein ist eine Rolle und nicht verknüpft mit irgendwelchen Altersangaben.

Sie schreibt ihren eigenen Erfahrungsbericht sehr kühl, nüchtern und sachlich, dabei werden hier hochemotionale Begebenheiten dargestellt. Es geht um ihr Leben und auch um das, was ihr davon geraubt wurde. Diese Nüchternheit ist ein Zeichen dafür, die eigenen Gefühle unterdrücken zu müssen und steht für den „tiefen Fall", den sie erleben musste.

Auch wenn das Schreiben ihrer Geschichte ein Stück weit Therapie für sie bedeutet, benötigt sie die Sachlichkeit als Schutz, um das Erlebte überhaupt ertragen zu können.

Viktorias Schritt des endgültigen Bruchs, um sich von der Vergangenheit zu lösen und nicht immer schmerzhaft damit konfrontiert zu werden, hat sie sich nicht leicht gemacht. „Letztendlich und trotz allem sind es ja meine Eltern!" Zudem ist sie durch ihren Schritt auf herbes Unverständnis im persönlichen Umfeld und in der Gesellschaft gestoßen. „Stell Dich nicht so an, Zoff mit den Eltern gibt es doch immer wieder!", oder: „Du verspielst Dein Erbe!", sind nur kleine Auszüge aus den Kommentaren, die sie über sich ergehen lassen musste.

Der endgültige Bruch mit den eigenen Eltern ist in unserer Gesellschaft weitgehend (noch) ein Tabu-Thema, ungeachtet dessen, dass das Erlebte einen so schweren persönlichen Rucksack aufgebaut hat, unter dessen Last Viktoria fast zu zerbrechen drohte.

Dennoch empfindet sie den Schritt der Trennung als Schritt der Befreiung und ihr Leben als lebenswerter als zuvor: Sie kann endlich loslassen, Abstand gewinnen und erste Schritte in das eigene Leben als Viktoria Schuhmacher, und nicht als „Tochter meines Vaters", gehen.

Anna hat in ihrer Mobbing-Zeit aufgrund ihres Alters einen Versuch des Bruchs aus ihrer kindlichen Sichtweise unternommen. Der im Erlebnisbericht geschilderte Selbstmord-

Versuch ist weniger als lebensmüde zu betrachten, sondern eher als kindestypische Reaktion im Sinne von: „Ich habe keine Böcke mehr auf den Scheiß". Es ist der spätkindliche Versuch mit 15 Jahren den Kontakt abzubrechen, um der Situation endgültig zu entfliehen.

Später sagt sie, dass Abhauen zwar auch ein Ansatz gewesen wäre, doch dann wäre sie beim Auffinden wieder nach Hause gekommen, was sie ja beim besten Willen nicht wollte. Wo hätte sie denn hingehen sollen, ohne Geld und eine alternative Bleibe? Und auf die Reaktionen und Beschimpfungen im Elternhaus nach einem möglichen Auffinden hatte sie „... keine Böcke ...". Ihre Eltern hätten ihr weder zugehört noch sie verstehen wollen – das Echo wäre in eine Salve aus Vorwürfen und Beschimpfungen gemündet.

Im Gespräch gemeinsam mit Viktoria lacht sie bei der Darstellung ihres Selbstmord-Versuchs und dessen Scheitern nach dem Motto „dazu war ich auch zu blöd ...!", eine Reaktion, die deutlich die Spuren der regelmäßigen verbalen Infusionen des Stiefvaters widerspiegelt: „Walter sagt doch auch immer, dass ich zu blöd bin – dann wird das wohl schon stimmen."

Betrachtung des Ablaufs – wie ergeht es dem Kind im Elternhaus?

Ein Neugeborenes kennt zunächst nichts von der Welt. Seine ersten Bezugspersonen sind seine Eltern, die ihm Liebe, Geborgenheit und das Stillen der Grundbedürfnisse wie Nahrung und Kleidung schenken. Diese Eltern-Kind-Beziehung bildet die Grundlage zu einem unter anderem bedingungslosen, kindlichen Urvertrauen des Kindes zu seinen Eltern: Was

Mama und Papa machen, hat schon seine Richtigkeit[4], sie werden mir nie wehtun.

Geprägt von der Erfahrung als Säugling/Baby empfindet ein Kind die häusliche Situation als normal, zumal es in der Regel keine Vergleiche hat. Es kennt meistens keine anderen Familiensituationen in der Intensität, wie es diese von zu Hause aus erfährt.

Und doch gibt es Anzeichen/Signale für die Kinder, dass „... irgendetwas nicht stimmt":

So berichtet Anna, dass sie stets Bauchweh bis hin zur Angst verspürte, wenn ihre Mutter zu Hause war. Diese Symptome traten selbst dann auf, wenn Anna selbst nicht zu Hause war, sie ihre Mutter allerdings daheim wähnte. Schrecksekunden wie „oh je, ich bin nicht daheim und habe noch nicht saubergemacht ...!", begleiten und belasten das Kinderleben sehr.

Kind- und altersgerechte Freizeit-Aktivitäten gibt es weniger, im Gegenteil: Selbst im jungen Alter haben sich die Kinder dem Urlaubsprogramm der Eltern unterwerfen (z.B. Wandern) müssen. Eigene Wünsche bleiben zumeist unerfüllt, was beide Kinder sehr traurig stimmt.

Auch ist beiden Betroffenen bereits in der frühen Kindheit aufgefallen, dass sie ein wenig herzliches, inniges Verhältnis und Miteinander in der Familie erleben, sodass sie sich häufig woanders deutlich wohler fühlten. Damit einhergehend erinnern sich beide Kinder an wenige schöne, „qualitativ hochwertige" und innige Momente mit den Eltern. Das Leben in der Familie wird eher als distanziert und als ein Nebeneinander empfunden. Dieses Empfinden spiegelt sich auch in anderen Beziehungen, sogenannten Freundschaften wider, die die Eltern pflegten.

---

4 Dieses Urvertrauen wird zwar im Laufe des Erwachsenen-Werdens relativiert und natürlich auch hinterfragt, dennoch: Das Ursprungs-Gefühl der tiefen emotionale Bindung zwi-schen Eltern und Kindern bleibt „im Normalfall" eigentlich ein Leben lang bestehen.

Wenn innerhalb der Familie Streit oder Zoff mit dem Kind herrscht, wird dieser wie auf Knopfdruck ausgeschaltet, wenn unerwartet Besuch kommt. Das ist auf der einen Seite verständlich, da man gegenüber dem Besuch nicht unhöflich erscheinen und in seiner Gegenwart die Eltern-Kind-Streitigkeiten nicht austragen möchte. Auf der anderen Seite empfanden beide Kinder diese Situation als eine Unehrlichkeit gegenüber Außenstehenden: Warum kann man nicht zeigen, dass man gerade nicht so gut miteinander kann ...?!

Als hohe Belastung erleben beide Kinder das elterliche Verhalten, wenn der Besuch wieder aus dem Haus verschwand: Kaum war der Besuch nicht mehr da, ging der Streit weiter, mit derselben Heftigkeit und Intensität wie zuvor. Das Wechselbad der Gefühle („... von 100 auf 0 und dann sofort wieder auf 100...") ist beinahe unerträglich. Zu oft wünschen sich die Kinder, der Besuch möge das Haus niemals verlassen.

Zudem sind Streitsituationen meistens weniger darauf ausgerichtet eine Klärung zwischen Kind und Eltern herbeizuführen, sondern das Ziel besteht darin, die elterliche Meinung „... auf das Kind überzustülpen", und den kindlichen Gehorsam zu erzwingen – Widerworte sind nicht erwünscht.

Das Schwierige an den oben erwähnten Anzeichen ist ihre adäquate Bewertung und Beurteilung durch die Kinder. Auch wenn sie verschiedene, meist physische Anzeichen bemerken, können sie diese aufgrund fehlender emotionaler Lebenserfahrung nicht in einen Kontext einordnen und dementsprechend nicht adäquat reagieren.

Und selbst wenn sie bereits in der Lage dazu gewesen wären: Die Hemmschwelle im Sinne von „... es sind die Eltern, es sind doch Mama und Papa und gegen die kann ich als Kind nicht mit solchen Vorwürfen agieren. Was sollen da die anderen von uns (als Familie) denken ... !?", ist enorm hoch.

Zusätzlich erschwerend ist die Tatsache, dass beide Väter in der Stadt, in der die Familien leben, recht bekannt sind, und der Druck als „Regional-Promi-Familie" besonders hoch auf den Kindern lastet.

Von daher sind sie nie auf die Idee gekommen, sich gegenüber Außenstehenden mitzuteilen, sich als Opfer einer gestörten Eltern-Kind-Beziehung zu empfinden oder gar zu wehren. Die Kinder sind in ihren Empfindungen zwar sehr feinfühlig, doch vor dem Hintergrund des kindlichen Urvertrauens gegenüber ihren Eltern haben sie sich so gut wie gar nicht nach außen geöffnet, geschweige denn Hilfe gesucht.

Das heißt auch, dass betroffene Kinder keine eindeutigen und sofort erkennbaren Signale zeigen. Das macht die Beurteilung der Situation für Außenstehende so schwierig. Anders als bei physischer Gewalt (z.B. Schlägen) sind bei psychischer Gewalt keine Anfangsspuren zu erkennen wie zum Beispiel blaue Flecken, Striemen et cetera.

Machtspiele und Ignoranz beherrschen das Vater-Kind-Verhältnis

Beide Kinder erlebten im Familienkreis sehr viel Druck und eine hohe, nicht altersgerechte Erwartungshaltung der Väter gegenüber dem jeweiligen Kind. In den vorliegenden Erfahrungsberichten gibt es hierzu verschiedene Situationen: Die vom Vater selbst entworfenen, sogenannten Probemathearbeiten oder das Schrank-Auskippen (wenn es dem Vater in Annas Zimmer zu unordentlich erscheint) bei Anna oder das verkorkste Gespräch mit dem Chefarzt der Kinderklinik bei Viktoria sind einige Beispiele dafür.

Sie zeigen deutlich, dass die Väter sich nicht ausreichend Gedanken darüber gemacht haben, wie und in welcher Art und Weise sie sich gegenüber ihren Kindern artikulieren und verhalten. Die Übertragung des persönlichen Verhaltens aus der Arbeitswelt („... meine Sekretärin weiß doch auch immer, was ich von ihr möchte!") ist hier völlig unpassend und nicht kindgerecht.

Dieser Aspekt beschreibt auch das Gefühl der Kinder, insbesondere bei Viktoria, dass der Vater allgemein eine große Ignoranz gegenüber seiner Umwelt und den Mitmenschen an den Tag legt: „Er zieht seinen eigenen Stiefel durch, er braucht das wohl, um **Macht** gegenüber seinem Umfeld, egal wem gegenüber, auszuüben." Macht, auch gegenüber seinem eigenen Kind, welches die unrechtmäßigen, regelmäßigen Attacken des Vaters als Demütigung empfindet.

Empathie/Einfühlungsvermögen, um zu hinterfragen, was das Kind insbesondere in kritischen Situationen gerade braucht (was eigentlich eine zentrale Rolle von Eltern ist), hat sie fast nie erleben dürfen und hat damit das Gefühl, häufig im Stich gelassen worden zu sein.

Sie erfährt keine Hilfe im Sinne von Fürsorge und dem Gedanken, „ich greife meinem Kind unter die Arme und unterstütze es", sondern die elterliche Aktivität erfolgt aus der Sicht der Erwachsenen-Geschäfts-Welt mit anschließenden Vorhaltungen an das Kind aus dieser Perspektive heraus. Der Vater unterschätzt und beachtet nicht den Reifegrad der persönlichen Entwicklung und den Erfahrungsschatz in der Erwachsenenwelt einer 19-Jährigen.

Damit geht einher, dass von Viktoria erwartet wird, den Zusammenhalt nach außen zu bewahren. Sie entwickelt bereits in der frühen Teenager-Zeit ein hohes Verantwortungsgefühl gegenüber der kranken Mutter, verbunden mit der Übernahme von Aufgaben, die eher bei der Mutter gesehen werden (Haushalt, Gästebewirtung ...).
Doch gerade im Zusammenhang mit der Krankheit ihrer Mutter, die Viktorias Leben bereits in jungen Jahren enorm beeinflusst hat, erlebt sie wieder ein sehr **ignorantes** Verhalten: Weder ihre Mutter noch ihr Vater haben ihre Ängste und

Befindlichkeiten ernst genommen. Es gibt keinen offenen, ehrlichen Umgang (im Sinne einer offenen und ehrlichen Aussprache) zu ihren Fragen und Gefühlen.

Das Erleben des allein gelassen Werdens, dass ihre Mutter aufgrund der Krankenhausaufenthalte physisch und emotional nicht für sie da ist, kann sie in ihrem Elternhaus genauso wenig platzieren wie ihre persönlichen Ängste und Fragen: Was ist eigentlich mit meiner Mutter? Was hat sie? Werde ich eines Tages auch ihre Krankheiten erben? Sie bleiben unbeantwortet.

Das Kind Viktoria muss diese Fragen und Ängste mit sich selbst ausmachen. Schlimmer sogar: Ihr Vater hat die Krankheit der Mutter ausschließlich zu **seiner** und nicht zur gemeinsamen Sache innerhalb der Familie gemacht. Zitat des Vaters aus einem Gespräch mit Viktoria: „Und **ich** habe keine Lust mehr, mir jeden Tag dieses Elend mit anzusehen. Sie soll endlich nach oben ins Gästezimmer ziehen, damit **ich** das nicht jeden Tag vor Augen habe!"

Die Krankheit der Mutter und die entsprechenden Folgen für das Familienleben sind nie offen mit Viktoria besprochen worden. Dabei wollen Kinder Antworten im erklärenden Sinne auf ihre Gedanken und Fragen und kein Vertuschen von Gegebenheiten, die selbst für ein Kind offensichtlich sind. In ihrer Familie empfindet und erlebt Viktoria im Zusammenhang mit dem Umgang der Krankheit ihrer Mutter eine enorme Ignoranz bezüglich ihrer persönlichen Befindlichkeiten.

Die Rolle der Mütter

In den vorherigen Ausführungen ist bislang der Fokus auf die Väter gelegt worden. Doch welche Rollen haben andere Familienmitglieder gehabt? In der Reflexion zwischen Viktoria und mir liegt der Schwerpunkt in der Betrachtung der Rolle der jeweiligen Mütter.

Auch wenn die Großmütter im Leben beider betroffenen Frauen eine nicht unerhebliche Rolle für die Kinder gespielt haben, lebten sie doch eher außerhalb und konnten somit die eigentliche Familiensituation weder durchblicken noch wesentlich mitgestalten.

Sowohl Viktorias als auch Annas Mutter ist insbesondere in den Hoch-Phasen des väterlichen Mobbings sehr mit sich selbst beschäftigt. Die schwierige gesundheitliche Situation von Viktorias Mutter und der zeitintensive Job von Annas Mutter in Kombination mit ihrer persönlichen Alkohol-Problematik führten dazu, dass sie ein Stück weit den Blick auf die eigentliche Familiensituation verloren haben.

Beide betroffenen Frauen beschreiben das Gefühl, dass sich ihre Mütter ihrer eigentlichen Verantwortung für ihr Kind nicht mehr richtig bewusst gewesen seien. In der Konsequenz bricht die Schutzfunktion und Fürsorgepflicht für das Kind komplett zusammen, da (wie in unseren beschriebenen Fällen) auch die Mütter keine ausgleichende und auffangende Rolle einnehmen können.

Dadurch wird der Spielraum für den Täter erweitert, keiner bremst ihn, um den Prozess aufzuhalten. Spätere Vermittlungsversuche gelingen oberflächlich, dennoch ändern sie nichts an der zerstörten Kind-Vater-Beziehung.

Betrachtung der Auswirkungen

Folgen für das Leben

Bevor ich in die Darstellung der Ergebnisse aus der Reflexions-Arbeit zwischen Viktoria und mir einsteige, möchte ich einige allgemeine Worte zu den Auswirkungen und Folgen für das Leben von familiären Mobbing-Opfern fassen.

Die Auswirkungen familiären Mobbings oder psychischer Gewalt im Familienumfeld sind sehr hoch und können nachhaltig den Verlauf des Lebens prägen! Die betroffenen Kinder können häufig kein gesundes, realistisches Selbstbild entwickeln. Ihre psychische Widerstandskraft im Erwachsenenleben (Resilienz) und die Fähigkeit, sich selbst insbesondere nach schwierigen Zeiten wieder ins Gleichgewicht zu bringen und dieses auch zu halten, sind häufig deutlich niedriger als bei Menschen aus einer weitgehend harmonischen Familienumgebung. Woran liegt das?

Exkurs: Am Anfang steht das Urvertrauen [5]

Urvertrauen entwickelt sich am Anfang eines Lebens durch die fürsorgliche und liebevolle Betreuung der Eltern. Die existentielle und emotionale Sicherheit, die damit aufgebaut wird, ist Grundlage für ein angstfreies Verhältnis zu anderen Menschen, für ein positives Selbstwertgefühl und für das Vertrauen darin, dass die Welt gut ist und es sich lohnt, in ihr zu leben.

Wird die Bildung des Urvertrauens am Lebensanfang zum Beispiel durch Vernachlässigung und lieblose Behandlung gestört, sind die Defizite kaum wieder aufzuholen. Ängste, ein negatives Selbstbild und die Vorstellung, dass das Leben ständig unangenehme Überraschungen bereithält, sind häufig die Folge.

Das einmal aufgebaute Urvertrauen bildet eine nahezu unverwüstliche Basis fürs Leben. Trotzdem muss dieses Vertrauensverhältnis zwischen Eltern und Kind auch in den späteren Jahren der Kindheit bewahrt und gepflegt werden. Respekt vor der Person und den kindlichen Bedürfnissen und die Anerkennung kindlicher Kompetenzen sind hier besonders wichtig. Jedes Kind hat seine eigene Persönlichkeit und seine eigenen Vorstellungen, die es äußern und geschätzt sehen möchte.

---

5 Als Quelle zu den Ausführungen zum Thema Urvertrauen diente:
http://www.vaterfreuden.de/vaterschaft/erziehungsfragen/vertrauen-zwischen-eltern-und-kind-aufbauen-und-pflegen
Stand 28. Januar 2011

Erfahrungen in der Kindheit und deren Auswirkungen und Konsequenzen für den Verlauf des Lebens können unterschiedlich ausgeprägt sein. Es gibt Menschen, die im Verlauf ihres Erwachsenen-Lebens ihre eher negativ belasteten Erlebnisse aus der Kindheit relativieren und verarbeiten, sodass diese wenige bis keine Spuren hinterlassen.

Und dann gibt es Betroffene, bei denen die Auswirkungen psychischer Gewalt im Familienumfeld eine so hohe Intensität haben, dass sie den Verlauf des Lebens sehr gravierend prägen und beeinflussen. Sie fressen sich in die kindliche und erwachsene Seele wie eine ätzende Säure. In unseren Beispielen ist dies insbesondere bei Viktoria der Fall.

Normale Bewältigungsstrategien beim Erleben schwieriger Situationen (in der Regel Flucht oder sich zur Wehr setzen) greifen nicht mehr, sondern der Betroffene greift in den für ihn empfundenen Extremsituationen auf eigene, persönliche Notfall- und Überlebensstrategien zurück. Kennzeichnend ist dann ein ausgeprägtes Erleben von Ohnmacht, Hilflosigkeit und Auslieferung.

Situationen, die an Erlebnisse oder Bezugspersonen aus der Kindheit erinnern (sogenannte Flashbacks), lösen Reaktionen beim Betroffenen aus, die insbesondere für einen Außenstehenden nicht nachvollziehbar sind. Ich erinnere mich in diesem Zusammenhang an ein Telefonat mit Viktoria, bei dem ich sie in einer recht depressiven Stimmung erreichte:

Eine Liste mit Aufgaben zur Vorbereitung eines Sommerfestes im Kindergarten ihres Sohnes hatte sie völlig lahmgelegt. Warum? Die Liste hat sie an die mannigfachen Checklisten bei „besonders qualvollen Besprechungen", mit ihrem Vater erinnert. Ein gesunder Umgang mit der Sommerfestliste war zunächst nicht mehr möglich und es dauerte Tage, bis sie sich wieder im seelischen Gleichgewicht eingependelt hatte und die Liste adäquat in ihren Alltag integrieren konnte.

Ferner geht sie bis heute ungern an den eigenen Briefkasten. Könnte darin wieder ein für sie unerträglicher Brief ihres Vaters liegen?

Auswirkungen im Alltag

Die nachfolgend beschriebenen Auswirkungen sind weder auf alle familiären Mobbing-Opfer übertragbar noch tragen sie den Anspruch auf Vollständigkeit. Hier werden exemplarisch die Auswirkungen auf das Leben von Viktoria und Anna mit Schwerpunkt Viktoria dargestellt.

Prinzipiell berichten die Betroffenen von **fehlendem Vertrauen** zu anderen Menschen, verbunden mit vielen Fragen und **Unsicherheiten**, die in der Kontaktanbahnung und darüber hinaus beim Aufbau einer weiteren Beziehung durch den Kopf und durch den Bauch kreisen.

„Nehmen und respektieren mich die Menschen, so wie ich bin, mit all meinen Stärken und mit all meinen Schwächen?" Die Betroffenen haben im Elternhaus diese Erfahrung nie erleben dürfen und so schwirrt in ihnen stets ein Misstrauen darüber, ob ein **vorbehaltloses Akzeptieren ihrer Persönlichkeit** überhaupt möglich ist.

Vor diesem Hintergrund verspüren sie häufig Angst, sich auf einen Menschen einzulassen, Nähe zuzulassen und Vertrauen aufzubauen. Dort, wo sie die familiäre Nähe und Liebe hätten erleben und kennenlernen können, erlebten sie Distanz und Kälte. Aus Angst vor weiteren Enttäuschungen und aus Mangel an positiven Erfahrungen aus dem Familienumfeld ziehen sie sich eher zurück und wirken insbesondere im Erstkontakt recht distanziert.

Analog fehlt auch in der Partnerschaft das Vertrauen, dass sie jemand ehrlich und bedingungslos lieben könnte, gerade deshalb, weil sie dies bei und zwischen ihren Eltern weder erlebt noch gefühlt haben.

Ein **unbefangener Umgang** mit anderen Menschen im Alltag findet selten statt, da die persönlichen Unsicherheiten dies zu behindern scheinen. Daraus resultiert auch, dass ihnen oberflächliche Beziehungen/Kontakte (Smalltalk, Partygequatsche ...) zuwider sind und diese als Zeitverschwendung empfunden werden. Es fehlt die Leichtigkeit im Miteinander gekoppelt mit der Sehnsucht nach intensiven und ehrlich gemeinten Beziehungen.

Die emotionalen Unsicherheiten spiegeln sich im sichtbaren Verhalten wider. Hier verspüren beide Frauen eine große Unsicherheit darüber, ob sie sich im Alltag richtig verhalten. Die Folgen dieses übergroßen Unsicherheitsgefühls sind vielschichtig:

Zum einen ist der Betroffene dankbar über jeden Strohhalm, an dem er sich festhalten kann. Dies kann beispielsweise ein Mensch sein, der für einen agiert oder einem insbesondere in schwierigen Situationen genau sagt, was man zu tun oder zu lassen hat (eine Art Gebrauchsanleitung). Zum anderen dürstet es dem Opfer nach permanenter Bestätigung durch Dritte.

Paradoxerweise: Wenn Mitmenschen ihnen sagen, dass sie etwas toll gemacht haben beziehungsweise sie für etwas loben, wird dieses Lob zwar mit den Ohren gehört und im Kopf kommt es auch entsprechend an, doch das Bauchgefühl vertraut nicht darauf, dass dieses Lob ehrlich gemeint ist. Somit prallt dieses Lob und das eigentlich damit verbundene positive Erlebnis leider eher ab.

Um im Alltag nicht negativ aufzufallen und alles richtig zu machen, verspüren die Betroffenen einen permanenten **Kontrollzwang** sowohl auf emotionaler Ebene (z.B. kein oder wenig Alkohol) als auch auf sachlicher Ebene. Aus dem Aspekt resultiert ein Perfektionismus auf sehr hohem Niveau („immer 200-prozentig!").

Viktoria spricht davon, den stetigen Zwang zu verspüren, immer und stets tiptop funktionieren zu müssen. Und wenn ihr das aus ihrer Sicht nicht gelingt, überkommt sie das Gefühl, selbst an dieser misslichen Situation schuld zu sein, sie verfällt in einen hohen Rechtfertigungsdruck.

Es fehlt ihr die Reflexion darüber, dass auch andere Faktoren, die sie nicht beeinflussen kann, eine (entscheidende) Rolle an einer misslichen Situation haben können. Somit findet keine für sie **entlastende Relativierung** der Situation statt, sondern sie buckelt permanent ein Schuldgefühl auf ihrem Rücken.

Die in den Vorausführungen beschriebenen Unsicherheiten zeigen, dass beide Betroffene große Schwierigkeiten haben, sich sicher und autonom in ihrem Alltag zu bewegen. Das daraus resultierende relativ geringe Selbstwertgefühl und Selbstbewusstsein führt dazu, dass beide Schwierigkeiten empfinden, nein zu sagen und Grenzen zu setzen, wenn sie das Gefühl haben, nicht korrekt behandelt zu werden.

Das Supermarkt-Erlebnis von Anna ist eines der vielen Beispiele aus den Erfahrungsberichten. Anstatt sich über das unverschämte Verhalten der Verkäuferin zu beschweren, frisst sie ihr Unbehagen in sich hinein und beschließt im dunklen Kämmerlein, das heißt, für sich selbst, die Konsequenzen.

Gefangen in einer negativen Grundstimmung ist es beiden Betroffenen selten möglich, sich auch mal unbekümmert auf schöne Situationen oder schöne Gefühle einzulassen.

Wie ein Damokles-Schwert schwebt die Angst über ihnen, dass ein Leben nach eigenen Vorstellungen und Wünschen durch das Umfeld und/oder die Eltern torpediert werden könnte und damit keinen Bestand haben könnte, oder sie haben das Gefühl, ein eigenes Leben nicht leben zu dürfen.

Folgen für das eigene Familienleben als Erwachsene

Wir haben es hier mit zwei recht unterschiedlichen Geschichten, Erlebnissen und Schicksalen zu tun, von daher sind auch die Auswirkungen verschieden:

Kann Anna für sich in punkto Familienbegriff keine so schwerwiegenden Folgen attestieren, liegt dies bei Viktoria wesentlich gravierender vor. Anna ist sehr jung, das heißt mit Anfang 20, in eine sehr gute und intakte Schwiegerfamilie gekommen und hat damit relativ früh die Erfahrung gemacht, dass ihre heimatliche Familiensituation nicht normal war. Sie wurde in ihrer neuen Familie herzlich aufgenommen und aufgefangen.

Ein starker Wille, ihrem Sohn ein anderes (positives) Bild von Familie und Familienleben weiterzugeben und ihm auf seinem eigenen Weg den Rückblick auf eine glückliche Kindheit zu ebnen, ist im Gespräch mit Viktoria ein wesentlicher Faktor gewesen.

Für Viktoria ist der Auswirkungs-Rucksack deutlich praller und negativer gepackt:

Das im Abschnitt „Folgen für das Leben" bereits erwähnte „... fehlende Vertrauen zu anderen Menschen", spielt für sie in ihrer Ehe eine entscheidende Rolle, mit der Auswirkung, dass ihr häufig trotz der langen Beziehung noch immer das Vertrauen in die Zuneigung und Liebe des Partners fehlt. Ein hohes Bedürfnis nach Zärtlichkeit, Kuscheln und verbaler Wertschätzung ist ein Versuch des Ausgleichs.

Bei Themen, die aus dem Elternhaus negativ belegt sind, fällt es ihr sehr schwer mit ihrem Partner darüber zu sprechen (z.B. Geld).

Viktoria ist sich durchaus darüber bewusst, dass sie eine sehr hohe Verantwortung als Mutter trägt, sich um das eigene Kind angemessen zu kümmern, verbunden mit dem hohen Anspruch alles 200-prozentig geben zu müssen, „... denn sonst bin ich keine gute Mutter!" Ein Stückchen Gelassenheit, dass man als Mutter/Eltern auch mal Fehler machen kann und darf, gehören nicht zur Gestaltung ihrer eigenen Mutterrolle.

In ihrer Erziehung möchte sie wenig Druck auf ihren Sohn ausüben und so gut wie möglich den Wunsch und den Willen ihres Kindes im Familienleben mit berücksichtigen. Das heißt zwar nicht, dass es keine erzieherischen Regeln gibt, doch die Härte ihrer selbst erlebten Erziehungsmaßnahmen sind ihr zuwider, ihr innigster Wunsch lautet:
„Ich will nicht, dass mein Kind eines Tages vor mir und/oder seinem Vater Angst hat!"

Eine Buchreise nähert sich dem Ende

Erinnern Sie sich noch an die ersten Zeilen meiner Ausführungen? Ich berichtete von den Brüchen, die ich während Viktorias Workshop zum Thema Casemanagement in ihrem Auftreten erlebte: auf der einen Seite die Souveränität im Thema, auf der anderen Seite die Unsicherheit und Zurückhaltung in ihrer Gesamtpersönlichkeit.

Während der nachfolgenden langen und intensiven Gespräche mit Viktoria habe ich viele Erklärungsansätze für diese Brüche erfahren. Ihren Weg des Bewusstwerdens und der Verarbeitung des Geschehenen, habe ich seit vielen Jahren mit begleiten dürfen. Es war und ist kein leichter Weg und wir haben so einige Höhen und Tiefen gemeinsam durchlebt und durchlitten.

Heute, nach fast 10-jähriger Zusammenarbeit, habe ich das Gefühl, dass Viktoria auf einem sehr guten Weg ist. Ihre kleine Familie gibt ihr Halt, Sicherheit und ein gutes Fundament für ihre nächsten Schritte. Sie hat endlich ihr *eigenes* Zuhause gefunden!

Ich danke Viktoria für das hohe Vertrauen in meine Person und unsere gemeinsame Arbeit. Auch wenn ich anfangs nicht genau einordnen konnte, wohin die Reise uns führen würde, empfinde ich eine große Befriedigung in unserer Zusammenarbeit. Sie hat mir die Dimension großer und umfangreicher persönlicher Veränderungs-Prozesse aufgezeigt und neue Perspektiven in meinem Kern-Thema „Veränderung" eröffnet, die für meine tägliche Arbeit von großer Wichtigkeit sind.

Beiden Frauen wünsche ich alles nur erdenklich Gute: Mögen sie das Geschehene nicht vergessen und doch Versöhnung mit ihrem Schicksal finden, um ein selbstbestimmtes und glückliches Leben führen zu können. Ich hoffe, dass ihnen stets Menschen zur Seite stehen, die ihnen mit Achtsamkeit und Wertschätzung begegnen und ihre Entwicklung weiter begleiten.

Monika Wetterauer-Kopka, Februar 2012

Ein paar Worte zum Schluss

Die Arbeit an diesem Buch hat sechs Jahre gedauert. Von Anfang an war für mich klar, dass ich es selbstverständlich unter meinem Namen veröffentliche. Es ist meine Geschichte, warum sollte ich mich verstecken?! Opfer psychischer Gewalt haben keine Lobby. Sie müssen ihr Leben und ihren Alltag bewältigen. Sie haben mit Problemen und „Dämonen" zu kämpfen, von denen sie vielleicht noch nicht einmal wissen, woher sie kommen und warum sie darunter leiden. Ich wollte diesen Menschen ein Gesicht geben und hoffte, dadurch anderen Betroffenen Mut zu machen, ihrem Leben eine neue Wendung zu geben.

Kurz vor Schluss, im Dezember 2011, musste ich mich dagegen entscheiden. Eine Werbeagentur hatte in meinem Auftrag versucht, im Internet herauszufinden, wie lange es dauert, von meinem Namen auf die Identität meiner Eltern zu schließen. Es waren gerade einmal zwei Stunden. Es war erschreckend, welche Ergebnisse die Agentur ans Licht brachte. Da ich fest davon ausgehe, dass mein Vater eine Verleumdungsklage gegen mich anstrengen wird, sobald er dieses Buch gelesen hat, ich es aber nach all der Zeit und Arbeit nicht in der Schublade verschwinden lassen möchte, habe ich mich bemüht, alle Fakten, die auf meinen wahren Namen verweisen, zu verfremden. Ich hoffe sehr, dass mir das gelungen ist.

Die Namenskonstellation „Viktoria Schuhmacher" ist ein Konstrukt aus zwei Personen, die es in meinem Stammbaum gab. Wenn ich mich schon selbst verleugnen muss, wollte ich wenigstens einen Namen haben, mit dem ich mich identifizieren kann. Frau Schuhmacher, deren Vorname ich nicht kenne, verstarb 1917. Sie muss eine tolle und sehr mutige Frau gewesen sein. Und es verbindet mich mit ihr ein gemeinsames Ereignis, das mich sehr bewegt hat, als ich es herausgefunden hatte: Sie wurde von ihrem Vater verstoßen, als sie nicht den Mann heiratete, den er für sie vorgesehen hatte. Seitdem ich mir die „Viktoria Schuhmacher" ausgesucht habe, habe ich das Gefühl, als ob ich innerlich stärker geworden bin. Als ob ich jetzt eine Familie im Hintergrund hätte, die mir Rückendeckung gibt.

Obwohl ich den Kontakt zu meinen Eltern 2004 abgebrochen habe, benötige ich nach wie vor therapeutische Hilfe, um in meinem Alltagsleben funktionieren zu können.

Ich habe zwei Jahre sowie eine Bach-Blüten-Therapie gebraucht, bis ich es endlich genießen konnte, Mutter eines aufgeweckten und neugierigen Kleinkindes zu sein. Zwei Jahre lang hatte ich jeden Morgen Schweißperlen auf der Stirn, weil ich Angst davor hatte, meinem Kind nicht gerecht werden zu können. Weil ich nicht wusste, wie ich den Tag überstehen soll, wenn irgendetwas unsere sehr restriktive Routine durcheinander brachte. Zwei Jahre lang habe ich mich jeden Abend selbst zerfleischt, weil ich nicht genügend Selbstdisziplin hatte, um jeden Tag noch eine andere, kinderunabhängige Aufgabe zu erledigen, sobald mein Sohn eingeschlafen war. Dass ich ein tolles Kind habe, von dem die Leute begeistert sind, wenn sie ihn beobachten, dass er ausgeglichen und fröhlich ist, dass das ein Zeichen für meine gute Arbeit als Mutter ist, habe ich vielleicht irgendwo gewusst. Aber darüber freuen konnte ich mich nicht. Für mich war er eine Aufgabe, die so gut es geht erledigt werden musste. Ich bin froh, dass es mir heute deutlich besser geht. Ich bin meinem Sohn innerlich gegenüber immer noch sehr distanziert. Ich finde ihn total toll, ich bin völlig in ihn verliebt. Aber gleichzeitig habe ich Angst davor, ihn mit meiner Zuneigung zu überfordern. Ich traue mich nicht, wenn er bei mir im Bett schläft, meinen Arm um ihn zu legen, weil ich Angst davor habe, dass ich so seine Grenzen überschreite. Ich bereite mich auf den Augenblick vor, in dem er sagt, dass er von mir enttäuscht ist und dass er deshalb nichts mehr mit mir zu tun haben möchte, damit es mir nicht zu sehr weh tut. Aber ich kann jetzt endlich das Zusammensein mit ihm genießen, mir eingestehen, dass es mir Spaß macht, Mutter zu sein. Ich spüre für ihn, dass mein Mann und ich ihm ein sehr stabiles Zuhause bieten. Und ich bin glücklich für ihn, dass er dieses stabile Zuhause hat.

Sobald etwas Positives in meinem Leben passiert, etwas Richtungsweisendes, das mich beruflich voranbringt, erleide ich nach wie vor einen depressiven Schub. Der mich inzwischen glücklicherweise nur noch für ein paar Stunden lahmlegt und nicht mehr für Tage. Aber jedes Mal überrascht er mich aufs Neue und ich frage mich, woher dieses Loch auf einmal kommt. Und wenn ich es erkannt habe, bin ich traurig darüber, dass ich psychisch immer noch nicht da bin, wo ich gerne wäre. Dass ich seit 2004 erhebliche Fortschritte gemacht habe, muss ich mir immer wieder neu vergegenwärtigen. Für mich ist es so, als ob ich jedes Mal wieder von vorne anfange. Auch wenn mich der Schub nur noch für Stunden lahmlegt (und hier hilft es deutlich, dass ich ein kleines Kind habe, dass es eine Aufgabe gibt, die ich erfüllen muss), kann es dennoch Tage dauern, bis ich mich davon erholt habe und wieder auf normalem Betriebsmodus laufe. Und wenn ich Pech habe, passiert dann wieder etwas Tolles und das ganze Spiel geht von vorne los.

Nach wie vor nehmen Freunde meiner Eltern Kontakt zu mir auf, um zu vermitteln. Interessanterweise geht es jedoch meistens darum, dass sie herausfinden wollen, welche Bedingungen für mich erfüllt sein müssen, damit ich bereit bin, mich ab und an mit meinen Eltern auf einen Kaffee zu treffen. Kein einziges Mal stand in den Briefen und E-Mails, dass meine Eltern das Vorgefallene bedauern. Und kein einziges Mal hat sich einer dieser Freunde für meine Seite der Geschichte interessiert. Inzwischen beantwortet mein Mann diese Anfragen, damit ich psychisch stabil bleibe.

Und nach wie vor respektiert mein Vater nicht, dass ich keinen Kontakt mehr wünsche. Ich habe mein Zimmer in meinem Elternhaus leer räumen lassen (die Möbel habe ich nicht bekommen, da ich keinen juristischen Anspruch darauf hätte), ich habe die Schlüssel abgegeben, aber nach wie vor versucht er, mich wieder in den Dunstkreis seiner Kontrolle zurückzuholen oder für seine Zwecke einzusetzen. Mit den altbekannten Methoden. Und wahrscheinlich wundert er sich jedes Mal, warum es nicht funktioniert. Ich weiß aus erster Hand, dass er durch Y. läuft und begeistert von seinem Enkel erzählt. Die Informationen holt er sich von dem Ehepaar, bei dem meine Großmutter inzwischen wohnt, das er nach uns ausfragt.

Als ich vor langer Zeit bei meinem Coach saß und die ersten Schritte machte, meine Vater-Geschichte aufzuarbeiten, sagte er zu mir, dass das Happyend der Geschichte <u>mein</u> Happyend sei und nicht das meiner Eltern. Wichtig sei es, den ersten Schritt zu machen, der Rest käme von selbst.

Von einem Happyend bin ich wahrscheinlich noch weit entfernt, aber die ersten Schritte sind gemacht. Mein Leben fühlt sich jetzt um einiges leichter an. Ich kann das Gefühl Glück besser aushalten, auch wenn es mich nach wie vor überfordert. Zwischendurch fühle ich, dass ich zufrieden bin, wie es jetzt ist.

Neuerdings gibt es in <u>meinem</u> Leben einen „großen Bruder", der mich berät und mir zuhört, wenn ich jemanden zum Zuhören brauche. Und der mich ungefragt mit allen Informationen versorgt, von denen er denkt, dass sie für mich nützlich sein könnten. Das ist eine ganz neue Erfahrung für mich, dass mich jemand aus meiner Familie unterstützt, ohne eine Gegenleistung dafür zu erwarten.

Ich habe meinen Freundschaftsbegriff überarbeitet, als mir irgendwann klar wurde, dass ich viel zu hohe Ansprüche an eine Freundschaft gestellt habe. Der Maßstab wurde für mich durch Marc gelegt, und ich habe jahrelang verzweifelt jemanden gesucht, mit dem ich dieselbe Intensität und dasselbe Vertrauen erleben kann wie damals mit ihm. Ich war jedes Mal am Boden zerstört und tief enttäuscht, wenn es schon wieder nicht geklappt hatte. Im Laufe der Zeit habe ich verstanden, dass natürlich nur ein Mensch diese Lücke füllen kann, nämlich Marc selbst. Ich habe „neue" Freunde gewonnen: Menschen, die ich schon lange kenne, mit denen ich zur Schule gegangen bin. Von denen ich nie gedacht hätte, dass sie sich für mich interessieren würden. Ich habe den Vorteil kennen und schätzen gelernt, mit vielen verschiedenen Menschen viele kurze, aber schöne Augenblicke zu erleben. Diese vielen, kurzen Momente bereichern mein Leben. Sie nehmen mir ein wenig das Gefühl, einsam zu sein.

Und es gibt einen neuen Mann in meinem Leben. Ich lerne bei und mit ihm in kleinen Schritten Vertrauen, was mir wahnsinnig schwerfällt. Ich habe ihn 2004 kennengelernt, kurz nach dem letzten Streit mit meinem Vater, also zu einem Zeitpunkt, als es mir völlig beschissen ging. Er symbolisiert für mich die Trennung zwischen „altem" und „neuem" Leben. Es gab Zeiten, in denen ich mich kurzentschlossen zu ihm geflüchtet habe, wenn ich mal wieder das Gefühl hatte, dass mir in meiner Wohnung die Decke auf den Kopf fällt. Meine Therapeutin hat mir diese Fluchten im Nachhinein erlaubt (was für mich sehr wichtig war, da ich es für mich als schwach gedeutet hatte, dass ich eine Situation nicht aushalten kann): Ich hätte so vieles in meinem Leben aushalten müssen, bei dem es keine Chance gab dem zu entfliehen, dass ich jetzt jedes Recht der Welt hätte, mal etwas Abstand vom Alltag zu bekommen, um den Kopf wieder freizukriegen. Und um die Angst aus mir raus zu kriegen. Ich staune nach wie vor darüber, dass es ihn in meinem Leben gibt, denn er hat meine Panik und meine psychischen Aussetzer ungefiltert an den Kopf geknallt bekommen. Ich bin durch ihn fröhlicher geworden. Und konsequenter, da es mich stark beeindruckt, wie konsequent er sein Leben lebt. Ohne ihn hätte mein Gesundungsprozess deutlich länger gedauert. Und er ist immer noch nicht abgeschlossen.

2007 sind mein Mann und ich nach Norddeutschland gezogen. Wir wohnen jetzt in einem alten Bauernhaus auf einem ziemlich großen, verwunschenen Grundstück. Manchmal, wenn ich morgens meinen Tee im Garten trinke und die Ruhe genieße, die der neu erwachende Tag ausstrahlt, habe ich das Gefühl, als ob der liebe Gott mir zuzwinkert. Als ob er sagen wollte: „Siehst du, es hat sich doch gelohnt!" Wir haben uns hier eine kleine Idylle geschaffen, die um alles in der Welt beschützt werden muss, für uns und besonders für unseren Sohn. Ich habe endlich ein Zuhause. Ich hätte gerne einiges von dem Mist aus meiner Vergangenheit nicht erlebt, er macht mir mein Leben immer noch ziemlich schwer. Aber das, was ich jetzt habe, möchte ich auf keinen Fall verpassen!